丛书主编／张学昕

贾平凹／著

朋友

辽宁师范大学出版社

·大连·

©贾平凹 2018

图书在版编目 (CIP) 数据

朋友 / 贾平凹著 . -- 大连：辽宁师范大学出版社，
2018.9（2020.11 重印）
（少年中国·人文阅读书系）
ISBN 978-7-5652-2751-6

Ⅰ . ①朋⋯ Ⅱ . ①贾⋯ Ⅲ . ①散文集 – 中国 – 当代②
小说集 – 中国 – 当代 Ⅳ . ① I217.2

中国版本图书馆 CIP 数据核字 (2018) 第 220796 号

PENGYOU
朋 友

出 版 人：王　星
策　　划：王　星
责任编辑：王　星
责任校对：刘宇悦贤
装帧设计：李小曼

出 版 者：辽宁师范大学出版社
地　　址：大连市黄河路 850 号
网　　址：http://www.lnnup.net
　　　　　http://www.press.lnnu.edu.cn
邮　　编：116029
营销电话：（0411）82159126　82159915　82159912（教材）
印 刷 者：郑州德高印务有限公司
发 行 者：辽宁师范大学出版社

幅面尺寸：145mm×210mm
印　　张：6.5
字　　数：134 千字

出版时间：2018 年 9 月第 1 版
印刷时间：2020 年 11 月第 2 次印刷
书　　号：ISBN 978-7-5652-2751-6

定　　价：19.50 元

总序

／ 王德威

王德威

台湾大学外文系毕业，美国威斯康辛大学比较文学博士。

曾任教于台湾大学外文系、美国哥伦比亚大学东亚系。现任美国哈佛大学东亚语言及文明系讲座教授。

一九〇〇年，梁启超在《清议报》上发表《少年中国说》，力倡少年为国家新生之本。相对于"老大帝国"，"少年中国"凭其青春朝气，不仅振衰起敝，更投射出中华文明继往开来的愿景。"美哉，我少年中国，与天不老；壮哉，我中国少年，与国无疆！"梁启超本人率先将"哀时客"之名改为"少年中国之少年"，一时如应斯响，各种以少年为名的声音——从"铁血少年"到"突飞少年"——此起彼落，成为庚子以后的中国文坛学界之莫大契机。

即使一个世纪以后，梁启超及其同代人倡议"少年中国"的热情仍然让我们深深感动。"少年"一词古已有之，却是在二十世纪初被赋予了前所未见的丰富含义。"少年"拥有承先启后、迎头赶上的情操；而在达尔文主义的影响下，"少年"也袭取了物种进化、日新又新的寓意。青春与文明、身体与国体形成了有机对话关系。

从文学角度来看，"少年中国"也是我们想象现代、叙述中国最重要的修辞策略之一。一九〇二年，梁启超创办《新小说》杂志，亲撰乌托邦小说《新中国未来记》，描写青年志士投身革命、再造中华的壮举。在此之前，梁启超已翻译法国小说《十五小豪杰》，并发表于《新民丛报》。一九〇五年，"晚清四大小说家"之一的吴沃尧开始写作《新石头记》，署名"老少年"。《新石头记》以《石头记》为蓝本，叙述贾宝玉的现代历险，老少年为其中关键人物。吴沃尧与梁启超对少年的构思因此形成微妙对话。梁的"少年"富有无限青春动力与希望，吴的"老少年"却让我们反思究竟是少年老成，还是未老先衰。无论如何，这样的对话为五四以后的少年辩证论述预为伏笔。

由"少年"所召唤出的青春想象在民国时期有增无减，

并扩大为"青年"。一九一五年九月，陈独秀等创办《青年杂志》。他在发刊词《敬告青年》中以"初春""朝日"比喻青年的朝气蓬勃，期勉中国新生代奋力创造未来。次年，李大钊继之以《青春》《〈晨钟〉之使命——青春中华之创造》等文，宣称"盖青年者，国家之魂"(《〈晨钟〉之使命——青春中华之创造》)，"惟真知爱青春者，乃能识宇宙有无尽之青春。惟真能识宇宙有无尽之青春者，乃能具此种精神与气魄。惟真有此种精神与气魄者，乃能永享宇宙无尽之青春"(《青春》)。

而五四期间奉"少年"之名而起的活动，首推"少年中国学会"。该学会于一九一八年由王光祈、李大钊等人创立，学会的宗旨为"本科学的精神，为社会的活动，以创造'少年中国'"。学会成立之后得到各方响应，分会甚至发展到国外。胡适曾以《少年中国之精神》为题发表演说，李大钊、王光祈、恽代英等也先后就"少年中国"的内涵各抒己见。时值五四运动狂飙卷起，"少年中国"成为不同路线和立场、不同方法和对话的交锋所在。面对国是，有志青年应该投身运动还是勤工俭学，追求革命救亡还是启蒙淑世，成为当时热议的话题。

五四文学对少年——以及延伸而出的青年与童年——的思考和描写，是彼时作家和读者共同的焦点，而其风格复杂幽微处远远超过当时流行的论述。鲁迅作品其实饱含自己成长期间的悲哀与犹疑——《父亲的病》写尽人子面对父系传统的暧昧情怀，《在酒楼上》则暴露两位"老少年"回顾五四的虚空与怅惘。郁达夫白描青春欲望的域外"沉沦"，郭沫若翻译歌德《少年维特的烦恼》成为中国少年的烦恼，蒋光慈则以《少年漂泊者》号召革命与浪漫的先锋到来。

一九二七年后，叙事文学形成复杂的少年与青年论述。叶圣陶的《倪焕之》记叙同名主人公的成长与冒险。启蒙还是教育，恋爱还是婚姻，革命还是家庭，种种考验此起彼落，让曾充满抱负的少年一蹶不振，甚至付出生命代价。《倪焕之》娓娓叙述了一个青春不再、理想幻灭的故事，不啻为彼时混沌不明的历史环境写下预言。而小说所沿用的叙述方法又恰恰与西方"教育成长小说"(Bildungsroman) 形成对话。后者着眼少年成长、进入社会、完成教育，叶圣陶却反写此一模式，以初始长成的少年开始，以含恨早逝的"老少年"告终。

二十世纪三十年代，以"教育小说"形式出现的小说风靡一时，叙述以主人公不加入社会，反而加入社会对立面的革命为高潮。茅盾的《虹》由五四时期四川一位女学生梅行素的启蒙教育开始，一路描写她所经历的婚姻、事业挫折，以及对革命的向往与犹疑。茅盾书写女性情怀一向拿手，此作可见一斑。小说高潮，五卅罢工游行中，曾经天真烂漫的女学生已经站在上海租界街头摇旗呐喊投身革命了。但巴金的"激流三部曲"及其他著作才真正带出三十年代"少年中国"的要义。《家》中的高觉慧也出身四川世家，亲历传统礼教的虚伪与败坏，以及无数青春生命的牺牲。高觉慧的激情与郁愤、呐喊与彷徨曾经引起多少同辈读者的共鸣，而当他决心冲破罗网、承担改造中国的艰难使命时，又曾经是何等撼人心魄的时刻！

　　与此同时，沈从文写出迥然不同的故事。沈从文来自湘西，他笔下的少男少女长在青山绿水的苗寨之间，远离革命启蒙喧嚣，另有一番风情。但他们毕竟要接受成长的洗礼、爱欲的磨炼和死亡的威胁。于是有了萧萧、三三、夭夭的痴迷和怅惘，以及贵生、虎雏、龙朱的向往与绝望。我们不曾忘记《静》里女孩岳珉在乱世独立危楼一角，怅望未来的孤单身影；《三个男人与一个女人》中那个身陷情网的小兵，见证爱与死的恐怖心情。而《边城》中情窦初开的翠翠如此清纯却遭受命运的捉弄，成就三十年代中国最为荡气回肠的爱情故事。沈从文的《从文自传》写自己的成长小史，从边城到古都，从少年军人到五四文青，早已是启蒙文学经典。

四十年代的中国战乱依旧，书写青春的文学因此形成更为独特的论述。在大后方，一方面有鹿桥的《未央歌》写出西南联大学生烽火中的真情岁月；另一方面有路翎的《财主底儿女们》写出流亡跋涉途中的儿女悲欢。两位作者都以早慧知名，而他们的作品也不啻是自身告别少年岁月的写照。此时，上海沦陷区的张爱玲、伪满洲国的梅娘也各自以其细腻世故的笔锋，写出少女成长的代价。张爱玲《烬余录》见证死亡的虚无，《第一炉香》刻画情欲的凶险，还有梅娘《蟹》探讨家庭关系的变奏，都是乱世的异质书写。相对于此，解放区的赵树理以《小二黑结婚》，袁静、孔厥以《新儿女英雄传》这类作品突出了革命战争中的青春愿景，一心一德，反显得无比可爱天真。

在台湾，龙瑛宗的《植有木瓜树的小镇》中，处于殖民统治下的青年颓废沉郁，仿佛有无限难言之隐。最知名的作品莫过于吴浊流的《亚细亚的孤儿》，其书名已经道尽一代台湾作家的心声。值得注意的是近年发现的旅日少女作家陈蕙贞《漂浪的小羊》，记叙日本战败后十四岁的作者随父母几经辗转、遄返大陆定居的过程，除平实记叙少女情怀外，亦极富史料价值。在香港，黄谷柳的《虾球传》则以孤儿虾球从社会底层力争上游、加入革命的故事，投射当时流亡文人的政治想象。沙平(胡愈之)的《少年航空兵》幻想海外少年弃笔从戎、遨游祖国，既有天马行空的科幻奇想，也有呼应时局的政治情怀。

中华人民共和国成立以后，文学书写充满破旧立新的激情，仿佛"少年中国"的梦想一旦实现，人人必得极尽呵护之能事。但因此形成的颂歌或批判、浪漫或写实的拉锯，反而导致惊心动魄的纠葛。这期间直接呼唤青春的重要作品一为王蒙的《青春万岁》，一为杨沫的《青春之歌》。前者白描中华人民共和国成立后一群高中女生所经历的情感与意识形态的洗礼，并以这群学生偶遇国家主席为最高潮。后者叙述一位少女历经感情与革命教育成长为革命女性的遭遇，无异延续茅盾《虹》、巴金"激流三部曲"的传统。王蒙写作《青春万岁》时不足二十岁，本人就是青春的化身，而杨沫曾亲历一二·九运动，并以此背景现身说法，回想一代青年投入革命的因缘。但两部作品命运截然不同。《青春之歌》历经修改，出版后一纸风行；《青春万岁》却要等到七十年代末方才问世，而其间作家本人所经的沧桑更"不足为外人道也"。同是青春挂帅的作品，孙犁的《铁木前传》却往往被忽略。此作以农业合作化运动为背景，以两小无猜的人物为主干，对中华人民共和国成立前后的北方农村作出生动刻画，极具艺术特色。

"少年中国"的历史、政治实践以中华人民共和国成立为高峰。一九五七年十一月七日，毛泽东在莫斯科大学会见青年学生，直言"世界是你们的，也是我们的，但是归根结底是你们的。你们青年人朝气蓬勃，正在兴旺时期，好像早晨八九点钟的太阳。希望寄托在你们身上。"谆谆期许之意，不啻回应梁启超在世纪之初的宣言："红日初升，其道大光；河出伏流，一泻汪洋。潜龙腾渊，鳞爪飞扬；乳虎啸谷，百兽震惶。鹰隼试翼，风尘吸张。"

跨海过去，我们可以感受台湾六七十年代的青春书写。白先勇早期有《寂寞的十七岁》，写少年男女成长的虚无与对情爱的模糊渴望。女作家李昂的成名作《花季》也写的是寂寞的十七岁故事：女高中生因为逃课而堕入一场似真似幻的冒险，因此一夕长大。李昂写作《花季》时的确只有十七岁，初试身手之作到今天依然触动人心。七十年代，王文兴以《家变》震惊台湾文坛。此作反写教育成长小说公式，描写一个少年长大成人后认识到父亲的平庸与无能，最后老父不堪羞辱，被迫离家出走的故事。从巴金的《家》到王文兴的《家变》，现代中国的父子关系至此彻底翻转。《家变》惊世骇俗，曾让卫道之士群起而攻之。但论七十年代最为风行的青春写作，当属朱天心的《击壤歌》，此作写青春少女的如歌岁月，情真意切。而朱氏姐妹(朱天文、朱天心)和同伴组织《三三集刊》，颂赞中华，应是二十世纪台湾最后的"少年中国"呼声。

在上述的背景下，当代青春叙述次第展开。王安忆的《本次列车终点》，史铁生的《我的遥远的清平湾》，阿城的《棋王》《树王》《孩子王》，以及老鬼的《血色黄昏》等，便是众多作品的选样。他们历经身心的锻炼，笔下纪实有了感伤与郁愤，更不乏遐想与激情。尤其值得注意的是阿城的"三王"系列，写下乡知青的传奇遭遇，写化外村野的有情天地，如此扣人心弦，一时传颂海内外。另一方面，老鬼作为杨沫之子，显然借《青春之歌》为对话对象，铭刻另一世代的青春之歌。苍山如海，黄昏如血，少年子弟江湖老，笔法又何其跌宕苍茫。

也正在此时，老作家汪曾祺的回归显得更为难能可贵。汪曾祺四十年代开始创作，此刻以《受戒》《大淖记事》等作重新将抒情风格导入写实传统。他写小和尚的浪漫追求，小锡匠的江湖情怀，急切抽离历史政治元素，充满民间气息，却绝不流于一厢情愿。

八十年代崛起的寻根、先锋作家多有名作重新铭刻

"少年中国"的前世今生。苏童的"城南故事"系列、"枫杨树"系列白描南方小城里的男孩女孩如何在潮湿狭仄的街头巷尾，寻寻觅觅那似乎尚未到来、却忽焉已过的岁月。韩少功则把焦点置于楚文化的奇山异水间，一声"爸爸爸"的呼号，一次"归去来"的行旅，陡然将我们的主人翁抛向那幽深莫测的楚地文明。莫言笔下的少年或在"大风""秋水"间寻觅安身立命的可能，或在"红高粱"地里品味家族、地方史的盛衰。而余华的《十八岁出门远行》更具有象征意义，小说中的少年在十八岁生日到来之际被父亲推向独行的征途，但这趟旅行漫无目的而又意外重重，最后以暴力和荒谬不了了之。余华的文字飘忽暧昧，点染莫名所以的巧合与错位，却生动传达八十年代的一种"感觉结构"。

在二十世纪末书写青春，作家和读者又有什么发现？王朔的《动物凶猛》同样是以"文革"为背景的成长回忆，但多了一分意外的意懒和放肆。他写出"文革"日常生活缝隙里，意外窜出的感情牵引。阳光灿烂的日子，幼兽的"凶猛"欲望何处可栖，引人深思。王朔更为大众瞩目的却是他的"痞子文学"：我们不禁莞尔，在那个年代，"顽主"凌驾了"新青年"，成为后新时期的主体姿态。

就在王朔风靡大陆的同时，台湾的张大春推出《少年大头春的生活周记》《我妹妹》《野孩子》等作，以插科打诨的风格模拟当代台湾青少年的无聊生活和无厘头的反抗，引起巨大反响。一时之间，"大头春"成为台湾文化偶像。仔细阅读张大春的作品，我们不难发现内蕴其中的世代焦虑和彷徨并不亚于王朔诸作，两岸的少年表述因此有了对话余地。除此，旅台马来西亚华裔作家张贵兴的《赛莲之歌》不妨视作马华版的《动物凶猛》，但抒情风格有过之而无不及。

但回顾二十世纪末的叙事，我们发现王小波才是后来居上、独领九十年代风骚的作者。他的《黄金时代》等，直面人性的骚动，继之以深沉的反思或嘲弄。他体现了世纪末版的"老少年"精神。而他的英年早逝，更为他的传奇平添一抹宿命色彩。

二十世纪末的女性作家不遑多让。林白、陈染各以私密叙事风格，娓娓道出《一个人的战争》的惨烈无助，或《私人生活》的诱惑挫折。可见在一个剧烈变动的社会环境里，不论是在边城或是在京城，女孩成长为女性必须付出巨大代价。在这方面，她们是六十年代的李昂、四十年代的张爱玲和梅娘的迟来的对话者。而更新一批的女作家，已经迎头赶上。

到了世纪之交，另有一批少年书写者崛起。韩寒、张悦然、郭敬明等以青春素人之姿脱颖而出，形成"萌芽派"的作家群。他们的出现也代表"80后"作家登场。既生在"大时代"以后，他们宜乎成为"小时代"的代言者。《葵花走失在1890》《三重门》《幻城》等作有青春期的成长呢喃，有反抗父权母权的骚动，更有世纪末的耽美和遐思。这些作家广受欢迎，未必只是哗众取宠的结果，也更因其自觉的理念和经营，曰个人主义、曰小资风格、曰装腔作态，似乎都未能尽其意，要之与前辈作家的立场截然有别。这批作家都以少年形象出道，也都在安全尺度以内塑造着叛逆姿态，而他们与网络世界接轨已经预告下一波文学生态的展开。对他们作品的评价见仁见智，重要的是，他们本身的形象与行止已经是一个"作品"，甚至品牌。这是后现代与后社会写作的双结合了。

而到了又一个新纪元的开始，文学书写、阅读方式因为网络天地的展开而呈现前所未有的多元发展。但在"古典"文字书写的世界里，专志的作家一如既往。王安忆以《启蒙时代》重新引领我们回到二十世纪六七十年代。与《启蒙时代》恰恰形成对话的是姜戎的《狼图腾》。上山下乡的知青故事被书写成为寓言，仿佛当代都市丛林的教战法则，至于阅读大众辩论不休的国族寓言层次反而犹其余事。

王安忆和姜戎的书写毕竟是一辈作家向往事致敬之作。同在此时，比他们晚一辈的70后作家路内书写《少年巴比伦》，将九十年代工厂生活推向台前。底层青少年成长的艰难，爱情的诱惑，似乎是熟悉不过的题材，然而时代已经改变，中国的变化来到又一个阶段。无独有偶，双雪涛《聋哑时代》也写出了一辈东北少年成长的悲欢故事。台湾的新时代作家杨富闵以《花甲男孩》一作写世纪之交台湾南部农村的转型，以及置身其间的少年的心事，有落寞，有滑稽，成为另类"老少年"记录。但与这些作家相比，旅台马来西亚华裔作家李永平的"月河三部曲"——《雨雪霏霏》《大河尽头》《朱鸰书》——才是扛鼎之作。李永平来自婆罗洲，羁旅台湾半世纪，蓦然回首，方才了解成长经过赋予了此生魂牵梦萦的欢乐与悲伤。三部曲从纪实到虚构，从忏情到幻想，越写越奇，字里行间尽是历史感喟。论二十一世纪中文少年叙事，当自此始。

张学昕教授主编的"人文阅读书系"所介绍的诸位当代作家，俱是一时之选。较为资深的刘庆邦和贾平四各以极富写实色彩的地域纪事或乡土素描享誉，但他们笔下的少年与青年故事却展现出一种感时伤逝的风格，仿佛与未来生命的潜在对话。叶兆言、苏童和毕飞宇是当代江南叙事的三大代表人物，也各在创作中以少年投射了成长的苦涩、浪漫，甚至凶险经验，其中苏童的"香椿树街""城北地带"系列尤其脍炙人口。而格非笔下营造的凄迷而感伤的青春景致，一样扣人心弦。但谈到当代小说的浪漫情怀，无人能出张炜其右，他所特有的玄思色彩在铭刻少年生命的作品里已可见端倪。出身楚地的韩少功以沉郁取胜，回想曾经的颠簸岁月与蜕变考验时，所展现出来的真诚令人动容。阿来的作品富有藏地史识，也不乏抒情情怀，但他借少年故事蕴藏的块垒更耐人寻味。东西是近年异军突起的作家，写小城风俗、变调人生都令读者心有戚戚焉，他如艾伟的细腻诚挚，海飞的收放有致，都是上乘之作。而麦家借翻译密码，翻转出各色人性之幽微，告诉我们文学犹如冒险，重要的不是天分，而是在成长的道路上，时时警惕变乖巧的危机。最令人注意的是两位女作家——叶弥与迟子建。她们都有温婉的慧心，但笔下文章却不为其所限，或细腻曲折，或刚健萧飒，较男作家有过之而无不及。

从"少年中国"的呼喊到"少年巴比伦"的沉吟，从"铁血少年"到"花甲少年"，我们不禁感喟倪焕之、高觉慧、蒋纯祖、林道静们的时代。然而回顾一百年来"少年中国"

叙事的发展，我们仍然惊艳于其波澜壮阔，风格多元。历史嬗变，青春依然在每一时代留下光影，或神采飞扬，或桀骜不驯，或低回宛转，或妙想层出。从"新青年"到"老少年"，现代中国叙事文学生生不息——而我们这一时代的少年正要出门"远行"，迈向里程。遥想一九〇〇年梁启超的《少年中国说》，还我少年，再造中华，正是此时也。

写作的古意与今情

/刘艳

　　贾平凹可能是当代小说名家中对古代体悟最多最深的一位。有人做过有趣的统计,在贾平凹"序跋文谈"的五本书——《贾平凹文集·散文杂著》《朋友》《关于小说》《关于散文》和《访谈》中,涉古代的内容就有110处之多。贾平凹对古代文学、古代历史哲学、杂书杂著(天文、地理、古碑、星象、石刻、陶罐、中医、农林、兵法等)和戏曲,涉猎颇多,令传统如力透纸背一般,浸润了他的文学创作。近年的长篇小说《带灯》后记,他写道他由"喜欢着明清以至三十年代的文学语言",转而"却兴趣了中国西汉时期那种史的文章的风格"——无论哪种风格,都表明他对古代文学的偏好和文体风格的借用,《带灯》有对中国古典史传传统和传奇文体特征的参鉴。贾平凹 2014 年出版了《老生》,他把陕西南部山村的故事,从 20 世纪初一直写到今天,其实是现代中国的成长缩影。小说通过一个唱阴歌的、长生不死的唱师,来记录和见证几代人的命运辗转和时代变迁,通过老唱师念一句、我们念一句的方式,加进了《山海经》的许多篇章,更加体现了贾平凹所言的"我得有意地学学西汉品格了,使自己向海风山骨靠近"的审美特质。(《带灯》后记)通过一个《山海经》,贾平凹几乎是将整个 20 世纪的历史接续起了中华民族的史前史。在贾平凹的读书札记里,我们可以知晓贾平凹是反复披览《山海经》的,在其犹觉不足时还曾特地跑到秦岭山中去----对照。这样来看,他化用《山海经》入小说,就一点也不奇怪了。《极花》里,贾平凹细数自己"我的写作与水墨画有关",阐发如何以水墨画呈现今天的文化、社会和审美精神动向,以一部《极花》写出了中国"最后"的农村。很多人认为贾平凹古文功底非常好,他自己却另觅根源:"商州和陕西那个地方,古文化氛围浓一些,稍加留意,并不是故意学那些东西。"由此看来,贾平凹在创作当中能够将"古意"与"今情"融会贯通,是因其占据了天时、地利与人和。

无论是小说还是散文的写作,浸润在贾平凹作品字里行间的古意典雅的语感是扑面而来的,贾平凹的语言古意、净雅、练达,少有拖沓随意之笔。除古文功底深厚之外,古意与审美意蕴的抒情性，已经丝丝缕缕渗透到贾平凹的写作当中。文学是反映社会生活的晴雨表，作家是时代生活的记录者。贾平凹的小说，尤擅关注同时代人的生活，用文学的方式描述世道人心与记录时代和社会生活的流转变迁，我们可以从他的小说中体味到一个作家细如毫发又无处不在的悲悯之心，在一种抒情性的悲悯里，打开的是作家那颗真诚、热切的心随时代和社会生活一起跳动而释放出的炽热的"今情"。他很少或者说不会故弄虚玄和玩弄叙事的"圈套"以制造阅读的障碍，他的小说是好读的，古意已经不仅仅停留在语言的层面，它穿透了文本的表层，浸入了小说的文本结构，他的小说常常蕴藉着一种古意袅袅的氤氲气息。贾平凹的短篇小说，常常无法用技巧或者奇巧的叙事手法来衡量，他不着意去制造悬念、惊奇乃至惊悚，很多所谓的短篇小说的写作技法，对他似乎是无效的。毕飞宇曾经讲过："小说家是需要大心脏的。在虚拟世界的边沿，优秀的小说家通常不屑于做现实伦理意义上的'好人'。"所以毕飞宇在分析莫泊桑的《项链》时极赞莫泊桑写作手法之高明，夸他"手狠"，言称："《项链》这篇小说有一个所谓的眼，那就是弗莱思洁的那句话：'那一串项链是假的。'这句话是小说内部的惊雷。它振聋发聩。我相信第一次读《项链》的人都会被这句话打晕。"——读了贾平凹的小说尤其短篇小说，你就会知道，无法用这些俗成的律规来套在贾平凹的短篇小说写作上，他有点"不守规矩"——不守短篇写作的规矩。我们似乎总能够透过文本，感受到一个"好人"的心脏的跳动和他心怀炙诚的热度。贾平凹的小说，不以情节和悬念胜，而往往是以情动人，感人至深。

短篇小说《阿秀》里的秀秀，是山地人，进城便被唤作了"阿秀"，小说写她进城给一个局书记家当保姆的故事。故事很容易让人想起沈从文写于20世纪30年代的《丈夫》，写了那个年轻的乡下女人"老七"在城里大河的妓船上做卖身的"生意"，丈夫来探望，诚实耐劳的丈夫目睹自己女人伺候客人、备受煎熬，年轻夫妇一起回了乡下的故事。《阿秀》中秀秀进城做的是保姆，但穿衣打扮和气质受主人的影响，也发生了翻天覆地的变化，她甚至把主人每月付的二十元工资，都用在了穿戴上，她甚至让很不宽裕的未婚夫山山四处借钱供她消费。《边城》中女人进城后"大而油光的发髻，用小镊子扯成的细细眉毛，脸上的白粉同绯红胭脂，以及那城市里人神气派头、城市里人的衣服"，也曾令乡下来的丈夫感到极大的惊讶、有点手足无措的情形，在《阿秀》中，依然存在。订婚后山山来城里看秀秀，就遭遇了与《边城》中丈夫相类似的惊讶和手足无措。而且更甚的是，阿秀对主人谎称山山是"乡党"、拒绝承认是未婚夫，对山山心灵的伤害是显而易见的。阿秀到底是山里的孩子，她依然有淳朴的一面，她也有对山里难舍的感情。小说最感人的是结尾，秀秀送别山山。她让山山告诉娘再过五天钱下来了就给她邮去，也希望山山常来看看她。小说最后一段："说完，她一低头，抱了孩子跑回家来，一进院门，却在孩子的屁股上狠狠拧了一把，孩子哭了，她不知怎么也放开声地哭了。"秀秀的复杂感情全部蕴含在这一段话里了。

与《阿秀》类似，短篇小说《饺子馆》《鸽子》《猎人》《倒流河》，都是时代和社会生活的缩影。《饺子馆》写的是饺子馆老板贾德旺与文联组联部主任胡子文交往，胡子文提携贾德旺却又在贾德旺当了政协特邀委员后心生嫉妒，百般龃龉的故事。胡子文撺掇他开的那个"饺子文化研讨会"，很有讽喻的意义。拍照时，贾德旺被装满硬币的麻袋砸死，"半个脑袋扁了，一股血喷出来"，而胡子文也失足跌落"整个脸面浸在水潭里不动了"，小说至此戛然而止。看似是一个很突然的结尾，实则必然。贾德旺已经不是单独的一个在西安打工之后开店发家致富的河南人，他是千千万万"西安城里五分之一又都是河南籍人"中的一个，是他们的缩影和化身，他所遭遇的"日巴耍"不是他一个人才有的个例，恐是所有河南人甚至外来人口都难以避免的，无论你有钱还是没钱。将山里人进城的故事写得最打动人心和让人痛心、难以释怀的，似乎当属《鸽子》。巷子里唯独"我"养着鸽子，一共是十二只，引来了总来看鸽子的小男孩，他是只身一人在城里工作的冯山的儿子。冯山夫妻两地十多年了，相处在一起还不足二年，冯山夫妻不久前终于离婚了，冯山把儿子沙沙带到了城里，孩子不习惯城里的生活，与城里的孩子也不合群，甚至因为他是一个乡下孩子、保持着乡下孩子的习惯而常常遭受城里孩子的奚落，沙沙因此与城里孩子常常打架，而城里大人也不接受沙沙身上山里人的秉性而常常非议他。冯山不让孩子再来看鸽子，向"我"索要了一只鸽子给孩子养，这只鸽子深受孩子的喜欢和疼爱。没想到，这只鸽子也是孩子悲剧命运的导火索，大风雨的夜里孩子为了救鸽子，不幸跌落，压死了鸽子，也跌断了自己的脊椎骨，从此瘫在床上。躺了整整一个月后，这可怜的孩子走了……如果能够不离开母亲身边他怎会那样孤独到把感情全部寄托到一只鸽子上面？如果乡下的母亲能够进城就不会有父母的离婚，如果城里的大人和小孩能够真正接纳和善待沙沙，怎么会发生这样的悲剧？读了《鸽子》，你会觉得可怜的孩子沙沙就在你的心头，使你似乎久久害着心口疼的病症，这堪称是作家以文学的方式记录时代和社会生活的一个典型的小说文本。写作这个文本的作家，一点也不"手狠"，他是悲天悯人，情怀深在的。

《猎人》一篇，作家似乎算是最为玩弄了一下叙事的手法，小说看似很写实，但直到结尾，也没有真正揭示出戚子绍遇到的狗熊怎么还说人话。狗熊对他几抓几放，也是奇了。他问狗熊到底是狗熊还是魔鬼，狗熊却反问他"你问我""我正想问你呢，你到底是猎人还是卖屁股的？！"——整个小说情节展开在看似很写实的打猎的境遇里，其实暗寓荒诞色彩，"会说话的狗熊"及其表现，极具讽喻的意义。《倒流河》发表在《人民文学》2013年第2期，获人民文学短篇小说奖，贾平凹在获奖感言中说自己创作完《带灯》之后，后记还没写，便写就了《倒流河》，写得很顺手，一气呵成，这让他得到一个心得，就是"写完长篇，惯性还在，易于写中短篇，就好像打篮球，需要手热，手热就能写出鲜活，写出一呼一吸的气息"。先是"煤黑子"后是煤老板的立本和妻子顺顺、撑船的老笨和儿子宋鱼，小说虽以立本和顺顺的故事为主，但两条线索并行而且时有交织，小说结尾立本患癌，病着却固执地坚持煤窑不能关停，要挖、继续挖，结果煤挖出来，堆得沟岔里到处都是煤，被初夏的大雨一层层地冲刷，高高的丘堆变成平的，这莫大的灾祸和损失，在顺顺看来却是"立本的病总该康复了"——喻指立本被钱被挖煤冲昏了头脑的"病"该好了。而倒流河上的船虽然千疮百孔了，却还在撑，想搭渡船回到河南的人眼看着船在，船上已经没有了老笨，老笨的茅屋也已经拆了，原来老笨睡在村里的老屋，而且做了个梦——梦见拾到了一大筐的鸡蛋。在小说已经结尾而其实还一直没有结尾的生活那里，小说家给人物、给我们留下了空白和可以无限想象的空间——恰如中国绘画的留白，小说留白给我们留下了足够的空间，给我们留足了想象的余地，可以缅怀曾经的人与事，怅惘深味，气韵悠长。

若说贾平凹散文中的古意，较之他的小说，那就更胜一筹。我们知道在中国，散文的传统源远流长，它真正成为一种文学上的自觉和事实，应该在春秋战国时期，但是散文的名称形成于宋代，最早有记载散文概念的典籍是南宋时期罗大经的《鹤林玉露》。在此之前散文不叫散文，叫"文"，其实也就是散文。自古以来，对于同一个文人来说诗与文未必都能够兼擅，能诗未必能文，能文未必能诗，能文者要有他自己特殊的禀赋，诗文源流各异。一直到现代，同样的，好的小说家未必能够写好散文，能写好小说又能写好散文其实是一件了不起的事情。贾平凹小说的语言乃至文体结构往往不失古意，他的散文就愈加古色古香，一种古意和古雅的气息在文本中弥散开来，活色生香。散文与诗歌不同，诗歌依赖于音律，但是散文在因字而生的魅力方面是不输于诗歌的，它具有一种音韵之美，在炼字炼意与意象意蕴等方面，皆不输于诗。我们从贾平凹的散文当中，深刻感受到了他在遣词写句方面的语言天赋和古典文学以及文化的素养。细细揣摩其文字，常常有"增之一分则太长，减之一分则太短；著粉则太白，施珠则太赤"之感。当代散文写作，语言文字是门槛，但真正迈过这个门槛的人不多。贾平凹无疑是做得极好的那一个。

五四以来，成果最大的当属小说和诗歌，在发生剧烈变化方面，散文在剧烈程度上不如小说和诗歌，发生变化的时间也应该是比小说、诗歌稍微靠后的。它变化的剧烈程度要弱一些，它的发生变化的时间要晚一些，但是这并不能抹杀白话散文在现代所具有的重大的文学史的意义和价值。无论是在偏于英语系的林语堂、梁实秋、钱锺书等人那里，还是偏于日语系的周氏兄弟、丰子恺等人身上，他们的散文都是基于散文随笔 Essay 这个词演化而来的，可以说自由自在的笔调是现代散文发展的一个典型特征，而且现代以来的散文在文法和句法等方面往往是存在文言的痕迹的，比如鲁迅、梁实秋、林语堂等人的散文。现代以来的散文文法、用词往往保留文言的痕迹，语言、情调也有旧文化的气息，这是好散文。在某种意义上，新散文仍然有很文人的气息，这是尤为可贵的。贾平凹作的是新散文，但他的散文的确是在散文文法、用词上葆有很浓重的文言的痕迹，很多情调也有文人雅士和旧文化的气息，比如《名人》《闲人》《弈人》《品茶》《访梅》《五味巷》等篇，写的明明是今人今事今之生活，透出的却是古雅的文化气息，这得益于贾平凹写作虽是白话却极富文言的文字功底，又加之商州和陕西尤其西安本身就古色古香文化气息浓厚，把贾平凹的散文和他散文中的人与事，无不熏染得古意犹存，在一种轻和慢的节奏中，古意与今世生活形成一种参差的对照。散文做不得虚和假，所以，没有丰厚生活积累和对生活始终保持睿敏的关注目光的作家，很难写好散文。《名人》中的那个"名人"——"你"，让人毫不怀疑带有很多贾平凹自己生活的影子。集会场面几百人围上去让"你"签名，挤乱中"你"终于从人群的腿缝下爬出来，结果"你的西服领口破了，眼镜丢了一条腿儿，扣子少了三颗"。《闲人》和《弈人》等篇，足见贾平凹留心观察生活的细致和入微。什么是"弈人"？"他们是些有家不归之人，亲善妻子儿女不如亲善棋盘棋子，借公家的不掏电费的路灯，借夜晚不扣工资的时间，大摆擂台"，"围观的一律伸长脖子"，"双目圆睁，嘶声叫嚷着自己的见解。弈者每走一步妙着，锐声叫好，若一步走坏，懊丧连天，都企图垂帘听政"。散文不是小说，它主要是抒情和记事，可以有精神层面的追求和表达，但散文一般不虚构故事，尽量不对原始的故事作过多的虚构变形。像《读书示小妹十八生日书》《五十大话》《我不是个好儿子》《风筝——孩提纪事》《自传——在乡间的十九年》《一位作家》《母亲》等篇，有着作家本人太多现实生活的缩影。《母亲》记录了浅儿初生，妻子初为人母而"我"初为人父的喜怒哀乐，其中写的是贾平凹与家人的生活，却似乎可以照见我们对人生和生活感受，生活气息浓郁、真实感充盈。作家观察生活细致入微，很多记录新手妈妈爱孩子的细节，堪称经典。《我不是个好儿子》，弥漫全篇的是母亲对"我"无微不至的关爱和"我"自觉愧对母亲，"我"以给母亲寄钱来聊以安慰和平衡自己亏欠母亲的那颗心，母亲却舍不得花，她把"我"每次寄去的钱一卷一卷塞在床下的破棉鞋里，几乎让老鼠做了窝去，"零着攒下了将来整着给你"。可怜天下父母心，而我们总是无法回报母亲甚至愧对母亲对我们无私的爱，此种对比一览无余。《我不是个好儿子》和《自传》之所以感人至深，就是因为它们几乎是作家的"自叙传"，这恰恰反映了散文求真——情要真、事也要真的文体要求和审美意蕴需求。《桌面》《月迹》《丑石》《"卧虎"说》《动物安详》《读山》《两代人》《白夜》等篇，也是贾平凹对生活中具体的物事的抒怀，满怀情怀的真，对于我们写作此类散文，是有参鉴价值和意义的。《老人和鸟儿》等，也取材自现实生活，写尽了一个老人孤寂的内心和儿女无法走进其内心的孤独与苦楚。

　　散文作为一门艺术，要比小说和戏曲古老得多，我们没有人能够定义什么叫作散文，什么不算，而且写法上也没有统一的体式和规矩可以规定或者参照。虽然常说"形散而神不散"是散文的特质之一，但那其实也不是散文的一定之规。什么样的散文是好的散文？从贾平凹的散文中，我们看到了好散文的特质。自古以来好散文的境界，应该是"大音希声，大象无形"的，至于现代以来的人常常把散文分成种种——抒情、哲理、叙事、学者乃至文化散文，等等，这差不多是我们对散文的一种硬性的分类，其实对于散文写作不见得有利。真正好的散文应该是如庄子所诉述的那种境界——绝真率性、自由无碍，这才应该是好散文的内在品格。贾平凹的散文葆有文言的痕迹，文化气息浓厚，语言情调和审美意蕴都很有古典文学和文化的气息，其散文的语感和其散文在精神气质上都很文人。从贾平凹的散文文字当中，我们可以把摸和看到古代、现代以来散文传统当中最好的一脉以及其所包蕴的情感蕴藉和精神旨归。

（刘艳：评论家，《文学评论》杂志社编审）

目录
CONTENTS

·小 说·

003 / 阿秀

034 / 鸽子

051 / 春暖老人

058 / 第一堂课

065 / 第五十三个……

·散 文·

075 / 朋友

079 / 惜时
——致青年朋友

081 / 名人

088 / 弈人

093 / 桌面

096 / 月迹

100 / 丑石

103 / "卧虎"说
——文外谈文之二

106 / 动物安详

109 / 读山

113 / 好读书

116 / 读书示小妹生日书

121 / 五十大话

125 / 老人和鸟儿

129 / 风筝
           ——孩提纪事

136 / 我不是个好儿子

143 / 一位作家

150 / 母亲

155 / 两代人

158 / 品茶

163 / 访梅

167 / 白夜

171 / 五味巷

·小说·

阿 秀
A XIU

一

　　月亮还在天空，弯刀般的，淡淡地显着残缺了；树枝便密起来，黑影幢幢，完全遮掩了路面；唯有绿中的街房瓦顶，白幽幽的，呈着一种虚幻的光色。这是 A 城的黎明，静谧得有了几分温柔的梦一般朦胧的意境。一阵叮当当的声音，在这绿的白的光气里流动，终于看见街口的台阶下，停下了一辆送牛奶的三轮车。立即，各家的院门打开了，人们匆匆在车前站好了队。几乎全是些女孩子，穿得很新，但那发式、声调、走势，明显的不是城里姑娘的气派。送奶的老头就叫着"阿香"、"阿莲"、"阿……"什么的。于是，女孩子们应着，提了奶瓶，大声说笑，末了消失在每一个四合院里去了。

在这条街上，很少楼房，一律的老式院落，尽住了中层领导干部。这种女孩儿，几乎家家都有；都是从百十里外的山地里来为人家看管孩子的。据说，几年前，这里只有一个叫云云的山地人，中学毕业后，没有考上大学，招工又不可能，托熟人来当了保姆；吃在那家，住在那家，每月可拿到二十元的报酬。于是，中途回了一次老家，便撺掇她的同学、好友也来了。慢慢地，这些同学、好友又撺掇她的同学、好友……这条街上的山地女孩子就多起来了。为了区别，主人们就将她们的名字取出最后一个字来，前边统统加一个"阿"字；所以，每天送奶的老头，就"阿阿阿"地一叫一大串子了。

二

这些女孩子，都长得很漂亮。小小的时候，就向往着城市。她们开始读书，也就为着这个目的，以至家里人苦巴巴地供养她们读完中学了，却考不上大学，又不能招工，只好在家怨天尤人。如今却有机会进城去，一家人都很喜欢。进城那天，梳洗得干干净净，穿着一身新衣，家里父母，亲戚四邻，一直牵着手送到车站，说些吉利话，她们禁不住想笑，眉眼一动就笑出声儿了。

但也有哭着走的，秀秀就是一个。这姑娘模样很清秀，手脚又利落，是山地的人尖儿。人都说：这女子造下是城里人哩。她也这么认为。临走的那天，寡妇娘拉着她的手，扑扑簌簌地掉眼泪，秀秀便说：

"娘，你哭啥呢？我这一去，给咱挣钱呀！一年半年就回来了哩。你不要想我，你想我了，儿心里就难过。"

她使劲笑笑，娘却哭出声了，秀秀也禁不住落下泪来。又说：

"我这一走，家里剩下娘和弟弟，弟弟还上学，您身子又不好，没人帮娘拉下手了，你就让山山来帮你吧，娘。"

站在一边的山山，和秀秀半年前订的婚，当下只是点头应着。

秀秀上了车，一路上抹着眼泪。天黑赶到城里，主人家是一个局的书记，看着秀秀的模样，心里很是悦意，问道：

"眼睛不好吗？"

秀秀说：

"一路风吹的。"

主人家的姑娘就让她去洗漱间洗了热水澡。姑娘说：

"你这眼睛真大，睫毛像化妆了一样。为什么要穿这种衣服呢？太老气了。"

秀秀脸红红的，就抱了床上的婴儿，知道这就是以后的工作，也知道就是这孩子，她才来到城里，往后每月二十元，也就全靠他得来哩。就把孩子视作命符儿一样，心疼得要去亲嘴，女主人就说：

"不要亲，那样不卫生。"

秀秀红着脸说：

"伯伯、阿姨，我从山地来，什么也不懂，往后就费心你们多指教了！"

一家人瞧秀秀说话精灵，越发喜欢，说："来了，你就是咱家一口人了，你学着吧，慢慢会习惯的。"

三

从此，秀秀改了名，人都叫她阿秀了。

终日里，她抱了那孩子玩。城市里不比山地，可以去各家各户串门，说诳话；这里一上班，各家各户门就锁了，下班回来门又关了。阿秀是山地里疯野大的性子，先是不习惯，急得上了火，嘴角都烂了。只有站在院子里，逗着孩子看天。

"快看啊！"她指点着给孩子说，天空正好飞过一架飞机，"飞机！飞机！"

她声音很大，使墙外的人也能听见。有人见着主人就说：

"你们为什么要雇山地人呢？她什么也没见过，会把孩子带成山气哩！"

女主人笑笑，以后也就让阿秀抱了孩子去街上逛逛。阿秀也很乐意，用嘴努努地叫着，指点去看那霓虹灯，去看那外国人。孩子看得兴趣，她比孩子更兴趣。偶尔，就碰着她的同学，她们就坐下来，说着各家的事：

"我们家的是位科长呢！"

"科长算什么了，我们家的是局书记呢！"阿秀说。

同学就羡慕起来，逗着阿秀怀里的孩子。阿秀说：

"摇头，摇头。"

孩子果然摇起头来。阿秀说：

"城里孩子天生聪明，才这么小，就会几样本事呢！"

同学从口里取出半块糖给孩子吃，阿秀说：

"可不敢的，那不卫生，孩子吃了要生病呢！"

"城里的孩子比不得山地孩子结实，咱那儿孩子，整天在土窝里爬滚，却百病儿不生，城里人卫生，孩子越是病哩。"

阿秀也觉得怪，说有钱人才生病哩，就嘻嘻地笑。过一会儿，阿秀好像记起了什么，问：

"你学会炒菜了吗？"

"正学哩。"

"什么菜都炒，炒那么一小盘，就倒一勺油，我真下不了那手呢。你吃惯那虾米吗？一股腥味儿，真使我心里呕了几天。"

"你还没见过吃螃蟹呢！"

"城里人死猫死狗都吃着香！"

两人就又乐得咯咯笑了。

四

眨眼间到了月底，主人家交给了阿秀二十元钱。阿秀很是感激。她长这么大，从未握过这么多的钱。小时候在家，过大年走亲戚磕头，挣过一元两元的，心就足了。如今这二十元钱，又是自己挣的，她真不知道怎么办好呢。她涨红着脸，跑进自己的房子，将门关了，一遍又一遍地数着。末了，就埋在自己的衣服卷里。

一整天里，她显得很勤快，哄得孩子一声儿不哭。孩子睡着了，就去洗菜，洗衣，倒垃圾。一直忙到下午了，她打问姑娘，邮局在什么地方，钱怎么个邮寄法。姑娘知道了她把钱全要邮回，锐声叫道：

"你这么孝顺？"

"家里要买盐打醋呢。"

"用得了这么些钱吗？"

"娘会攒下的，给弟弟讨媳妇呢。"

"弟弟多大了？"

"十五。"

姑娘就笑了，说阿秀骗她，十五岁的人怎么能娶媳妇呢？

"我们那儿苦焦，媳妇要早早定呢。一个媳妇过门，要花千儿八百，老早就积攒钱呢。"

"哟，那么小的，懂得爱情吗？"

"只知道很羞呢。我们中学那个班里，女同学都被人定了呢。有的男的还在一个小组的。"

"哎呀，那整天谈恋爱了！"

"哪里，见了面谁也不说话，仇人一样的。"

"那你也定了吗？"

阿秀脸色通红，捏着衣襟，再不看姑娘的脸。姑娘越发觉得有趣了，再追问，阿秀便站了起来，说："瞧你！你真坏！"

五

阿秀的心本来是清净净的，经姑娘这么一逗，里边就有了鱼儿虾儿了。对于自己过去的事情，也觉得新鲜，常常偷着笑。等家里人都上了班，孩子睡了，她就关了院门，坐在庭院里看那天上的一片云彩，看那树梢上的一只黄雀。这时候，山山的憨模样就跳在眼前。她知道她是属于山山的，到年纪了她会坐到山山的土炕上去，做他的媳妇，于是，她越是记忆山山。山山模糊了，又记忆起娘。她想象得出娘收到了她的钱，一定又会流泪的，老人家心肠软，见不得悲事，也见不得喜事，她会拿着钱对四邻说：

"瞧瞧，我能享秀秀的福了！天哟，苦得这闺女在外怎样赚来的呢！"

于是，她老人家夜里就睡不稳，想着她的女儿，不知道是胖了，还是瘦了……

阿秀在这时候，忍不住就哭出声来。女主人下班回来，见她的样子，说：

"你哭过？"

"不是的，是土眯了眼睛。"阿秀说。

"让我吹吹。"

"已经好了。"

女主人就说：

"我还以为你是想家里人哩。你去照一张相片，让家里人看看，他们也就放心了哩。"

阿秀突然觉得自己真傻，为什么就没有想到这一点呢？吃罢饭，女主人让姑娘领阿秀去照相，阿秀就换上才进城穿的那件新衣，姑娘说：

"就穿这件衣服吗？阿秀，你这么漂亮，为什么要穿这种花色的，多俗气。"

阿秀一时面耳烧热：

"这是他送的呢！"

"他是谁？是你的那一个？他是把你当农民老婆打扮哩！"

"我就是山地人。"

"你现在是城里人啊！"姑娘说，从立柜取出一件她的半新衫子，要阿秀换上。阿秀不好意思，却说：

"穿上这衣服照相，他看了觉得有点那个……"

"哪个男人嫌自己爱人漂亮呢？"

阿秀换上姑娘的衫子，果然有了一种风韵，女主人也笑着说：

"我们家没有山地人了！前日王主任来家，见了你，问我还有山地人的亲戚？你瞧，旁人是怎么个看法呢！"

阿秀明白了，打扮成城里人的模样，对主人家也是体面呢！便将那衫子包起来，家里来了人时，才肯穿上，或者就躲得远远的。

六

过了十天，阿秀取回了那张照片，人们都说照得好看，果然人是衣服的架子。阿秀瞧着也美，想尽快寄回山地里，姑娘却不以为然，说：

"唉，眼睛也好，嘴巴鼻子也好，就是头发收拾得土气。"

说着，就拿梳子来给阿秀梳，说要领她去烫发。阿秀说那使不得：将来回到山地，会被人笑话死的。姑娘不免说一通山地人落后，就拿电热梳给阿秀梳那鬈头发。阿秀去关了大门，又闭了窗子，才让姑娘梳理好了。她站在镜子前边看，这一看，立即又脸色绯红了。双手捂了眼，只是哑了声地笑，动手将头发揉搓乱了。

姑娘说：

"那有什么呀，这才好看哩！"

"那么一大堆的，像个翻毛鸡。"

姑娘就咯咯笑起来：

"以后你让我当顾问好了！阿秀，晚上我带你去公园舞会上去吧。"

阿秀在山地的时候，就听说城里人兴着跳舞，农民却说那是饱饭吃得生是非，男的女的在一处磨肚皮子哩。所以，一听这话，脸又红了。

"那多羞哟！"

"封建又来了！"姑娘说，"那是最好的娱乐，年轻人谁不去呢？晚上我带你去！"

"我不会。"

"先看看。"

"我这人样子，人家会笑话呢。"

"瞧你多漂亮，穿上我那件衫子，你会把男人的眼光全吸引过来呢。"

阿秀红着脸低了头说：

"我怎么老穿你的……我还是不去。"

"你也该置一件衫子了，这月钱妈交给你了吗？"

阿秀没有言语。孩子在床上才睁开眼，她赶忙过去抱起来，脸上还是红红的。姑娘知道山地人都吝啬，阿秀必是不肯买了。可是，阿秀却把头埋在孩子怀里，说：

"你说，我穿什么衣服好呢？"

"你想买一件？"

阿秀点点头。

<h2 style="text-align:center">七</h2>

夜里，阿秀被姑娘牵进舞会上来了。

那场面，比阿秀想象的还要可怕，偌大的厅堂，灯光白生生的，地板也光得闪亮，阿秀先兀自怯了，在地板上一点也挪不开。男的女的，都穿得奇怪，在那里发疯似的旋转呀，笑呀，打着口哨呀。阿秀立即感觉自己在这里成了木刻、石雕，最后就眼睛没处看。这时候，一个留小胡子的男人走过来，躬着身向她伸手，她无策了，不知道怎么办，去找自家姑娘时，姑娘被人搂着，一团旋风儿似的转。她满头大汗，嘴里讷讷着，掉头向大门外逃去，听见那人在后边大声笑起来。

"这是个山地人哩！"

"山地人吃的杂粮，倒养得这么白净哟！"

"她没有气质。"

"却憨娇呢！"

"你对她有意思了？"

"新鲜哩。"

　　阿秀一直跑到街上，回头看时，身后并没有来人，心松下来了，还听见远远的音乐声。突然间，她却感到孤独。她想起这个时候，在山地里，或许到前院王奶奶家学铰窗花，或许陪着娘，在院里纺棉花呢。如今胃里装了好东西，浑身的劲儿使不出来，她理会了城里人为什么老说空虚，要求自由呀，民主呀的。

　　阿秀匆匆地跑回家来，就待在自己房间，突然穿针引线地纳起袜底来了。纳得很细，在上边还要缀着花。缀着缀着，便想起那男人说的一句话："她没有气质。"这是什么意思呢？

　　阿秀一直等着姑娘回来，要问个明白。

八

　　但是，姑娘是最看不上阿秀纳袜底的。她们常常争执起来，从袜底谈到衣服。姑娘说：

　　"人为什么要穿衣呢？"

　　"人怎么能不穿衣呢？"

　　"可是，穿衣是不一样的。"

　　"怎么不一样？"

　　"比如说，山地人穿衣是给自己穿的，城里人穿衣却是给别人穿的。"

　　阿秀想了想，觉得是，又觉得不是。姑娘说：

　　"你好好想想，想开了，你便也有了气质了。"

　　阿秀慢慢地便开了窍了。她觉得穿上那件新衫子，周围人都多看她几眼，她也不知怎么回事，也总希望别人能多看她几眼，于是，那件衫子就不下身了。她学着姑娘样儿，睡觉前把衣服叠好，压在枕头下，穿起来显出折棱儿。姑娘曾要给她熨熨裤子，她没同意，但到夜里，却用指甲抠那棱儿。

有了好衫子，这裤子总觉得不相配。阿秀注意过姑娘，也留神过街上的女儿们，似乎城里人线条都好，腿那么长长的；而自己呢，总觉得臀部大，腿短。她问过姑娘：

"我们造下是山地人，腿也活该比你们短。"

"那是裤子的原因。穿件筒裤，就显腿长了。"

这一个月里，阿秀就去买了一条筒裤，果真显得苗条了。姑娘说：

"哎呀，真是城里人了！如果再配双高跟皮鞋，你会比过我哩！"

阿秀羞得什么似的，说她哪里能和姑娘比呢？问起一双高跟皮鞋多少钱，姑娘说十二元，她吐了一下舌头，说：

"穿那干什么呀，那容易跌跤的呢。"

一天夜里，主人家到单位开会去了，姑娘又去跳舞，阿秀在家哄着孩子。孩子老是不睡，哭闹得厉害，她就把孩子放在小车里，自己做着各种怪相去逗。逗着逗着，想起了舞会，便学着那晚见过的样儿扭动起来。扭了一阵，她噗地先笑了，孩子也笑了。她趁着高兴，就去把姑娘的一双高跟皮鞋穿起来，立即胸部挺直了，抬脚起步，地板上就有了节奏，浑身似乎产生了一种弹性。她呀呀地叫着，一把抱起了孩子，在房间里走动，走到院里，指着星星给孩子：

"瞧星星，漂亮的星星！"

她觉得自己就是那一颗最亮最亮的星星哩。

门推开了，姑娘精疲力竭地回来，瞧见了她，突然叫道：

"啊，你买了高跟鞋了？！"

阿秀一下子感到很难堪，赶忙就去脱鞋，说：

"刚才洗脚，顺便穿着你的。"

"真好看哩，你就穿了它吧，我有几双哩。"

"我哪配穿，哪能老穿你的？"

"那你便宜给我几个钱吧。"

"这，这……"阿秀不知道该怎么好了，突然抱住了姑娘，但她没有说话，捏去了姑娘肩头上的一根落发。

九

如今，阿秀已经有三个月没给家邮钱了。

夜里她梦见了娘，娘在家里吃着没盐的饭，脸都有些肿了，弟弟从学校回来，到处找了些破烂纸带儿，偷偷收来了，订成小本本，在课堂上演算数学定理、物理公式……阿秀大叫着醒来，哭了一阵，哭过了，想：如果把钱寄回去，如果不穿上这好衣服，能在这里待下去吗？在这里待下去了，才能挣得二十元钱哩。她这么想着，心里也就安宁了。

阿秀还是给娘去了一封信，说她之所以没有邮钱，是因为主人待她很好，让她一边看娃，一边复习功课，帮她去考大学；而钱就买了复习课本、笔墨、纸和砚。

很快，老家有人进城，娘带来了一口袋柿饼，又捎话给阿秀说：接到信，她喜欢得哭了。她只说女儿离了娘要去受苦，没想城里人比娘还要心疼女儿。既是这么好条件，那就好好复习上进。家里再作难，也不能亏了女儿用钱。又说，这些柿饼是谢主人家的，山地里没甚好东西，尽个心意罢了。

阿秀听了，不觉眼泪流了下来，感到自己对不起老娘，心里说：

"娘，儿将来真有大钱了，一定要补娘的心哩！"

就把自己的那照片给娘捎回去了。

✚

在城里，花钱像淌水一样，不用不用便又完了，阿秀的二十元钱，实在不知怎么用场。穿上了一身好衣服，也仅仅是那么一身，连换洗的也没有，而且毛衣呢，丝光袜子呢？她舍不得浪花一个钱，一颗瓜子儿也不曾买吃，但钱还是不够用。她想不通城里姑娘哪儿来的这么多钱，使她拼命撵也撵不上。主人家的姑娘也瞧着她可怜，说：

"你不是已经订婚了吗？"

阿秀低了头，不明白她问这话做甚。

"那你向他要钱呀！"

"我已经用过他好多钱了。"阿秀说，"那年订婚，他家送来了五百元，还清了我家的债。"

"他很帅吗？"

"不帅，他很好。"

"那他五百元钱就想讨得你这么个人儿吗？"

"我有些不忍。"

"你真老实。"

"……"

果然，阿秀给山山去信不到十天，山山寄来了三十元，还有一封长长的信。阿秀激动得对姑娘说："他真寄钱来了。"

"他敢不寄！"姑娘动着鬼眉眼儿，说，"还寄什么了？"

"还有一封信。"

"说什么了？"

"他说他很高兴，我能在你们家生活，他觉得很得意，村里人都说他是有福的。"

"这倒是真的，还说什么了？"

"还说他……"阿秀一下子跳了起来，笑着说，"什么也没说了！"

说完，就伏在窗口，一动不动，让暖暖的太阳照在她的头上、脸上、身上。

院门突然被人有节奏地敲了三下，姑娘锐声叫道：

"他来了！"

"谁？"阿秀吓了一跳。

姑娘附耳说道：

"和你一样，我也有一个了！"

阿秀立时心慌意乱起来，赶忙进屋去梳头，搽脸，换上了那条筒裤，还未收拾好，就听见院子里有了响声了：

"瞧你急死了，家里有人哩！"

"谁？"

"阿秀。"

"山地人？"

"她什么都懂呢！"

阿秀挑了门帘出来，一个小白脸忙从姑娘身边闪开，笑着向她点点头。阿秀忙也点头，也一笑，就招呼进屋，取烟、沏茶。那男的进了姑娘的房间，掏出了几件高级衣料。姑娘让阿秀看看可好，阿秀眼里发花，问道：

"这一件多少钱呢？"

"五十元。"小白脸说，就动手去解姑娘的扣子，要穿上试试。

阿秀立即退了出来，去照看孩子，孩子还没有醒，一时没事要干，就去院子里浇那花儿。

姑娘的房子里一阵嘻嘻窃窃的笑声，接着是窗子打开的声音。阿秀觉得，那小白脸一定要扒在窗口上的，多么帅的人才！她一回头，果然窗口上扒着那男的，正眯着眼睛看她，两人目光对在一起，他给她笑了一下，她一时心烧面热，竟撞翻了一个花盆。

"哎呀！"阿秀慌口慌心地叫了一声。

那小白脸却哈哈笑了起来，对着姑娘说：

"就是她吗？"

"嗯。"

"这么漂亮的？！"

"你……"

姑娘将窗子关上了。

阿秀什么都听到了，心口突突地跳，跑回自己的房间，还想着那男子的话：啊，他不讨厌我哩，我也能被城里男人看上呢。但她立即又很伤感：如果我是生在城里，我一定也会有这么一个帅男人的，一块儿去逛公园，一块儿去看电影，穿五十元的衣料……

十一

这一夜，阿秀做了好多梦，她又回到了山地，山山告诉她，他也是城里人了。真的，山山穿了一身笔挺的料子，脸儿白白的，留着一溜小胡子，搂着她跳起舞来……她说：

"你怎么也会跳舞？"

"我学的呀。"

"这不是梦吗？"

"不是梦。"

"我常常做好梦，这次千万不是做梦了。"

但是，阿秀醒了，仍然是个梦，她就笑了。想着山山，准备该写给他一封回信了，但她翻了个身又睡下了，说不出心里有了一股什么滋味儿。她再也睡不着了，不知道想了些什么，天亮的时候，爬起来却去写信，对于寄来的三十元，没一句感激话，而又要求寄钱来。

她几乎十天半月就要去信要钱。

钱又寄来了两次，她并没有买什么，还是去信要钱；她也弄不清为什么要这样要钱。

但是，山山再没有寄钱来，却邮来了一封信。信上说：家里实在没有钱寄了，亲戚朋友全都借过，也不好意思去麻烦；父母还直担心阿秀在城里住久了，心性会大哩，怕有一天要守不住了……末了，还问到孩子长大了吗？说她去了近一年光景，也该回来了呢……

阿秀并没有生气，如果又是寄来了钱，阿秀或许就生气了，她盼望能有钱寄来，又盼望就寄这样的信来，这是一种什么心绪，她也感到奇怪，不知道是为了什么。

十二

于是，阿秀写给了山山一封信：

山山：

你好！我一直在盼着你的来信。盼来了，却使我的心碎了！你竟这么不相信我，这难道是有了朋友关系（这是城里的名词）的人说的吗？你的父母庸俗（这词儿也是她说顺了嘴的），你也这么庸俗？即使这样的不相信我，我也没办法了！我可以告诉你，城里的阿姨家待我很好，他们的气质（这个词她也学会了）你是想象不出来的。他们要我继续待下去，或许还要待两年、三年呢。

再见！

秀秀

×年×月×日

十三

如今的阿秀，是快活的阿秀了。肩膀一天天厚实了，头发黑得油光，眼睛也多了溢流的光彩，似乎连睫毛也湿漉漉的了。

城里的生活是把刷子，阿秀身上的土气，一日一日被刷去了。她喜欢穿鲜艳的衣服，连裤子也穿红的；喜欢让头发披下来，波浪式烫鬈；喜欢用手托着右腮，牙齿咬着小指头，斜眼儿瞟着看人；喜欢抖着肩膀弹跳着走路。她和主人家姑娘一块儿去大街，头再也不低下去，而落落大方地迎接男人们的目光，也竟和姑娘一块儿去舞会上，跳呀，笑呀，尖锐地打口哨。

主人家的来客，看着阿秀，都要赞叹一番，对主人说：

"你们真是大家，就是棒槌在门后靠一年，也会成精说话！"

"活该这孩子有出息。"主人说。

"还不是你们教育得好！"

阿秀越发感激这一家人了。孩子一睡着，她便去买菜，推车到了菜市，买了猪肉买羊肉，又买了韭菜、青豆、大葱。主人家喜欢吃肉丝汤，姑娘喜欢吃羊肉饺子，她每顿必是炒几份菜，做几样饭的。

阿秀正推着车子往回走，似乎看见旁边的墙头边一个人影儿一闪，又不见了。她习惯了男人的目光，再不脸红，反倒高昂起了头，一直走过去。那身影又那么一闪，而且有声音在叫道：

"秀秀！"

这是谁的声音，颤颤怯怯的？她没有停步，还是往前走。

"秀——秀！"

阿秀扭头看时，一个山地模样的人正站在那里，是山山。

山山已经最后确定是秀秀了，跑了过来。他背着一个大口袋，走到她面前，先自低了头，不敢再走近，也不敢多说话。

阿秀离开了山地，还没有见过多少熟人，问道：

"是你，你怎么来了？"

山山一脸的汗水，越擦越多，说：

"家里人让我来看看你，我下了车，就打问你的地方，老是问不清……我真担心要找不着你了，你却碰上来了。你好吗？"

阿秀心软了，觉得山山怪可怜的，脸上笑了一下。

过路人都停下来，向他们看着。阿秀便觉得难为情了，收了那笑，不再言语。

山山看秀秀一眼，见她不再言语，又显得笨手笨脚了。

"快放下布袋，看把你热的。"阿秀说，把口袋接下来，架在车子上，让山山跟她一块儿回家去。

山山突然觉得，她毕竟还是山地人，毕竟还是他的未婚妻，慢慢不怎么拘束了，开始在怀里摸烟末，用纸卷着抽，有意无意地看一下阿秀，就闻到了一股什么香味儿。

十四

赶回家里，主人们都上班去了，家里再没外人。阿秀让山山在门外弹了鞋上的泥土进来，让他坐在沙发上，喝着茶水。山山小心地坐在那里，又在怀里摸起那烟末，阿秀就从烟匣里取出一根过滤嘴烟给他了。山山第一次抽这样的烟，一边嘴咂得很响，一边看室内的摆设。阿秀就揭开了电视机的护罩，又去按开了录音机的开关，末了，就坐在那里，擦拭着自己脚上那尖足的高跟皮鞋了。

山山终于说：

"秀秀，你还生我的气吗？来看上一回，我就不怪你了。"

阿秀说：

"怎么不怪了？！"

"这真是待在山地想不来的，不是你心大了，倒是我太没见过世面。"

阿秀笑了一下。

山山看着她，脸比先前白了，也嫩了，胸部高高隆起，笑得那么美，禁不住胆子大起来，向阿秀走过来。阿秀什么都看得出来，叫道：

"哎呀，到下班时间了，阿姨他们就要回来了，瞧见咱们俩在家，多么不好看！你先去大街上逛一逛吧，到东厅市商场转转，那里什么好东西都有，十字路口那家电影院，你也去看看吧，还有那公园、动物园……来一趟了，一定要开开眼呢！"

"那……"山山站在那里，不知所措。

"你痛痛快快玩到天黑了，在前边巷口等我，我接你再来家吧。"

"好吧。"山山说，"这口袋呢？我娘让我给你带了核桃，还有油馍。"

阿秀说："你带上吧，放在这里，不是说明人来过吗？还带那馍，这儿不稀罕哩。"

阿秀说了，又觉得不妥，去厨房抓了几个肉包，塞给山山，说：

"还需要钱吗？"

"我带着。"山山说，脸先红了，却一把抱住了阿秀，把嘴巴凑过来。

"你，你！"阿秀推开了他。

"我真想你，让我亲……"

"瞧你那嘴里气多难闻，你刷牙吗？"

山山立时失去了兴趣，脸红红的，从门里走出去了。

十五

路灯亮着的时候，主人的一家下班回来了。阿秀端上了饭菜，一家人坐近去吃，阿秀却抱了孩子在拍着、转着，说：

"阿姨，今日菜味行吗？"

"不错，阿秀，你真行呢。"

"阿姨又说好听的了。"

"明日我买一本菜谱来，你再学学炒些海味吧。"

阿秀很满足。抱了孩子到院里，月光朦朦胧胧的，她说：

"星星，星星哩？"

孩子伸着小手向天上指。

阿秀就把孩子在手掌上旋转，孩子咯咯地发笑，她也笑了。

哪儿传来几声锣鼓声，她想起了山山，他是不是也在那儿瞧热闹呢？山地真是个苦地方，近一年未见，山山见显得老多了，个儿也似乎缩小了，那脸也比先前要黑。咳，山地人和城里人就是气质不一样，瞧他那举止、言谈、相貌……阿秀想起了她才来城里那阵的样子：

"我那时也是个猥琐样儿吗？"

她不觉哧哧地笑了起来。

姑娘听见了笑声，在屋里喊：

"阿秀，什么事这么乐的，快回来吃饭，菜都凉了。"

阿秀走进去，一家人已经吃过了，她胡乱地吃了些，想到巷口去接山山，女主人却在说：

"阿秀，锅碗刷了，一块儿看电视吧，今晚是日本电影，好节目哩！"

阿秀只好又坐下来看电视。孩子就在怀里爬。

电视放映的是《生死恋》，尽是男女抱着，在河滩上、草地上滚呀滚的。阿秀就想起了山山下午的事，嘿嘿地笑，看着那接吻的镜头，她就捂住了脸，却从指缝里往外看。

家里人都看着她笑了。姑娘说：

"你们山地人有这样的吗？"

"哪里还敢这样！"阿秀说。

"山地人不接吻？"

"不的。"

"我就不信。"

主人一向不大说笑，这阵也觉得有趣，便说：

"山地人懂什么爱情，媳妇都是掏钱买的，成了家，就成辈子顾了嘴，晚上了黑灯瞎火的睡觉生娃娃就是了。"

阿秀听了，想着自己，心里乱糟糟的，说：

"伯伯说得对哩，那里太落后了。"

女主人就问了起来：

"阿秀，你今年多大了？"

"属鸡的，二十二了。"

"有朋友了吗？"

"没有。"阿秀说，赶忙看姑娘一下，姑娘向她挤了挤眼。

"没有？"女主人说，"可惜你没工作，不能找一个城里人，这样吧，我托人去郊区菜队找一个吧，愿意吗？"

阿秀很是感动，但觉得自己在欺骗这位可敬的女主人，想说她已经有了山山，又觉得那样说出来，更对不起女主人的好意，只好点点头。

"谁会要我呢？他还……"

"你说的是谁？"女主人说。

"没有谁，阿姨。"阿秀说，"现在几点了呢？"

"九点了。"

"啊？已经九点了！"

"你有别的事吗？"

"没有的，阿姨。"

"这电影真好。"

"是的。"

十六

院门外有人喊：

"秀秀，秀秀！"

阿秀已经听出来了，但她没有动，她要让主人家听见了，她再出去。女主人果然说：

"阿秀，谁在找你？"

"谁找我呢？"阿秀喃喃着，走了出来，一出屋门，一个闪步跳到院门口。打开门，山山站在那里，一脸不高兴：

"你让我累巴巴地站在巷口，你倒在家自在啊！"

阿秀一把捂了他的嘴：

"这是你家吗？主人让我看电视，我能不看吗？"

一句话，山山声软了：

"我总不能等一夜呀？"

阿秀就让山山先待着，进屋说了情况，出来说：

"主人真好，让你今夜歇在这儿。"

山山便又放纵了：

"那自然的，你是他们的干女儿，我也是干女婿了！"

"胡说！"阿秀变了脸，"进去不要胡说，伯伯是局书记，你敢多嘴？！我已经说你是乡党，你就一句也不要提那订婚事，知道吗？"

山山一时却不敢走进去了。

阿秀说：

"别呆头缩脑的。"

十七

一进门，阿秀就说：

"伯伯阿姨，我乡党给你送来土特产了！瞧这核桃，一律大小的，手能捏碎皮儿。明日我该要做一顿核桃饺子了！"

一家人都站起来招呼，山山满脸油汗，只是憨笑，说：

"核桃饺子才好吃哩，我们那儿待上客，就吃这东西。"

姑娘就咻咻地笑，走近阿秀，耳语道：

"瞧他还时兴哩，留着小分头，越发土气了，像个葫芦瓢盖在头上。"

阿秀苦笑了一下。

"你那一位什么样呢？"

阿秀刷地红了脸。

家里人呼呼呼地砸起核桃吃，说比点心好吃，山山却说："哪儿能比点心好吃？城里的点心就是比我们县上的酥，下午我吃过一斤哩，核桃怎么也顶不了饭吃！"

家里人就都笑开了。阿秀瞪了山山一眼，山山不言了。主人问：

"今年山地收成好吗？"

"收成不好。麦季里旱了，旱得发了白，地里尽裂了娃娃嘴似的裂道。抗旱吧，一桶水上去，呲儿，就干了。前塬那二十亩地只好套牛犁了。剩下的，长是长上来了，却绣个绳子脑壳大个穗儿，经不住打碾。第一场子，先交了公粮了，再又留种子呀，饲料呀，储备呀，分到社员的，一人合不到五十斤。平日里，馍馍是吃不到的。"

"那吃什么呢？"姑娘说。

山山进城来，憋了一天话没处说，见主人这么和气，又喜欢听山地里的事，就一时控制不了，当下又说：

"吃什么呢？凑合着呗。亏得山地水土硬，喝米汤也饿不死人。那儿水土养女人哩，女的倒一个个还有红有白的呢！秋天里，只说要收了，那起先雨水很好，包谷长得旺，可天知道到了抽天花，那是节骨眼上，又旱了。井里干了，河里也干了，眼看着天花抽不出来，卡死在肚子了。一地长的，一半是光包谷秆，结穗的，也是些稀颗子。"

他说到伤心处，喉咙哽住了，吸了一阵鼻子。

阿秀已经记不得什么时候收麦收秋了，经山山这么说起，一下子把她和山地的距离拉近了。她想起了以前的生活，想起了还在山地里的娘和弟弟，眼角潮湿了。

女主人叫道：

"怪不得市面上物价高起来，城里人也受连累了，一斤土豆也要一角二哩！"

山山想说什么，但一时却接不上前边的话来，喃喃道：

"城里还是好呢！"

姑娘说：

"好什么呀，没山地空气好！"

"人总不能吃空气啊！"阿秀不知怎么不爱听姑娘的话了，灯光下，死眼儿盯着山山的脸。

十八

夜里，在厨房里安了一张床，山山睡下了。

阿秀陪着女主人又说了一阵话，时间到十一点了，女主人说要睡觉，孩子却哭闹起来，阿秀说：

"阿姨，明日要上班，你睡吧，孩子我哄着。"

阿秀把孩子抱进自己房间，仰躺在床上，让孩子在身上爬。孩子揪她的头发，使劲地揪，她在孩子屁股上拧了一下，孩子哭了，她赶紧又将头发让孩子揪。孩子还是哭，她便抱起来，在堂屋里转。

厨房没有门的，从中堂直接可以看到里边。阿秀转着，一抬头，看见山山站在厨房门口，给她招手。阿秀努了一下嘴，只是不再理睬。转了一会儿，再一看，山山还站在那里，她走过去说：

"怎么还不睡？"

"睡不着，想着你哩！"

阿秀就掩嘴儿笑。

山山说：

"我帮你哄吧。"

"我不累。"

"你够累了。"

阿秀把孩子交给了他。他站在那里，不停地摇着孩子，孩子的哭声渐渐小下来。

"你每夜都是这样吗？"

"这孩子也够娇气的。"

"那真不轻省呢。"山山叹了一口气。

阿秀说：

"我乐意干哩，这家人多好的。"

"是好。"山山说，"这也只能你才能来。"

"那为啥？"

"你多好看，如今越发好看了。"

"好看了惹人不相信哩！"

"你真厉害，你不饶我吗？"

"声那高干吗？伯伯阿姨明日还要上班哩！"

山山吐了一下舌头，看着孩子渐渐睡着了，嘴又凑了过来，阿秀瞪着，却伸过了手，说："给你个手，你亲！哎呀，你那么狠？！睡去吧，明日起来早点儿！"就抱了孩子进她的房间去了。

十九

第二天，主人们都要上班走了，临出门，都留山山多待几天，山山笑呵呵地应着，送他们出了门了，却对阿秀说：

"秀秀，我也该走了！"

"这么急，不高兴吗？"

"高兴了才要走呢！"

他开始在怀里掏起来，掏出一个皮夹子，从里边取出一卷儿钱，说："这是五十元，你拿着。这里不比山地，不要亏了你自己，我走了。"

山山取了口袋，要出门了，阿秀抱了孩子说：

"你真的要走了？"

"要走了，家里事还多哩。"

"你还没有逛逛。"

"逛逛要钱啊，看看你，心就足了！"

阿秀赶忙低了眼皮：

"我不送你了，别人看见了……"

"这我明白。"

山山从巷道的墙角走去了。

突然间，阿秀觉得心里空落落起来，手上凉凉地落下一滴什么来，才发现自己哭了。她大声地叫了起来：

"山山，山山！"

山山在远处的街面上站住了。

阿秀使劲跑过去，把那卷钱塞在山山手里，说：

"我这里不用钱，你带上吧。你给我娘说，我再过五天，钱下来了，就给她邮去。这孩子也快长大了，再过一段时间，我也就回来了。"

"为什么要回来呢？能多住些日子，就住下，城里总比山地里好呢。"

　　"是好呢，"阿秀说，"你有空，常来看看我呵，来时，什么也不要给我拿，带些土特产就是了。"

　　说完，她一低头，抱了孩子跑回家来，一进院门，却在孩子的屁股上狠狠拧了一把，孩子哭了，她不知怎么也放开声地哭了。

1980 年 12 月

鸽 子

GE ZI

　　我正坐在院子里读书，倏忽觉得矮墙头上有个人影，看时，却什么也没有。低头再读，觉得那人影又出现了，猛一回头，矮墙头上果然有一个脑袋，但立即就缩了下去。

　　"谁？"我喝问道。

　　"是我。"

　　那脑袋伸出来了，是一个光头孩子，惊慌失措地向我笑。

　　"你要干啥？"

　　"不干啥，叔叔，看看你的鸽子，行吗？"

　　在这条巷子里，唯有我养着鸽子。一共是十二只；如今，全一排儿停在屋檐下的墙沿上，红的，黑的，白的，麻点的。这是我的宝贝，已经和我相处好多年了：它们静卧了，给了我闹市里的宁静和温柔；飞动起来，却使我对大自然产生出无限的遐想，这些生灵儿使整整一条巷子都眼红了，顽皮的孩子就常常要来打我的主意呢。

"你进来！"我很是不高兴，成心要教训一下这个崽子了。

院门呀地推开，孩子挪脚进来。他竟没有跑掉，已经使我惊奇；端端正正地站在那里，不停地用肩耸耸那件宽大的旧中山服，眼睛一直看着我；蓦地我就爱起他这种憨相了。我招手让他进来，他怯怯地笑，不进，也不退；再叫一声"来呀"，一抬脚却在台阶上绊了一下，跌倒了，哗啦啦把两手里的玉米粒撒了一地。

鸽子扑棱棱扑打着翅膀落下来，在那里啄开了，他赶忙坐起来，鸽子就围着他转，有一只甚至爬上他的肩，他只是耷拉着双手。

"叔叔，我能捉住玩玩吗？"孩子的憨呆，使我消除了戒备。

"玩吧。"

他捉住了一只雌鸽子，左看右看的。就将一颗玉米粒在嘴里嚼了，用舌尖送着喂那小红嘴儿，雄鸽子立即都围了上来，绕着他一圈一圈噗噗啦啦地飞。他就把雌鸽子高高地擎起来，一边在小院里跑，一边嘿嘿地笑。

"你从哪里来的？"

"山里。"

"现在住在哪儿？"

"你知道冯山吗？他是我爹。"

冯山我是知道的。他只身一人在城里工作，就住在这条巷的北拐角。他的老婆和一个儿子都在山里老家，十多年了，夫妻两地，相处在一起还不足二年；冯山不久前终于离婚了。听说离婚是冯山先提出来的，老婆也表示同意，背过身却哭了三场。在法院判决儿子属谁的时候，老婆先是哭着什么也不要，就要儿子，但后来，却又让冯山把儿子带走了。这事巷子里的人都在议论，想不通这是什么原因。这孩子就是冯山的儿子吗？

"你娘嫁人了吗？"

"爷爷不让娘走，娘也不走，说伺候爷爷死了，她再走呢。"

"你为什么不跟了你娘呢？"

"娘说，让我跟了爹，能把户口转到城里，将来就有工作干。"

"你爹找了后娘，会待你好吗？"

孩子没有言语，很响地吸着鼻子。

"想你娘吗？"

他哇地哭了。

这些年来，这样的事情经常发生，孩子们都很受罪，小小的年纪就承受了忧伤和哀愁。我突然不知道该怎么安慰他了。

"别哭，孩子，别哭！到了城里也好……"

"不好。"

"你爹不疼你吗？"

他摇摇头：

"城里没有玩的，山没有，河也没有，你到过我们山甲吗？山里的夜晚星星多，厕所也多呢。"

"这鸽子呢？"

"我只喜欢这鸽子，它飞得高高的，警察管不上它哩。"

"在家里养过吗？"

"没有。山里的鸽子没有这么好看，我们叫是扑鸽，全是灰的，住在庙檐里和坟地的柏树上，一到晚上我们去捉，用手电直对着它眼睛照，它就飞不起来，然后爬上去，用帽子捂了下来。有一次我踩在二虎的肩上去掏窝，他腿软了，把我闪下来，将额上磕了一个洞。"

他撩起头发来，果然发际边有一个微红的肉疤。

"真危险。"我说。

"有意思呢，真的，有意思。"他抬起头来看看四周，似乎是在寻找可以比拟高低的树，但院里院外一棵大小的树也没有。

"真有意思呢。"他还在说。

我突然有了一个感觉：这孩子现在一定是很孤独，很寂寞的了。高楼大厦是不能吸引住一颗童心，转户口、将来有工作干，也是不能吸引住童心的。在这远离大自然的闹市里，我一个大人都已经烦腻了，何况一个从山里来的孩子？

"你如果愿意的话，欢迎你天天来和鸽子玩。"我向他邀请说。

他一下子快活得跳起来，直摇着我的手叫我"好叔叔"，再没有一点憨憨呆呆的样子了。

从此，这孩子几乎天天到我的小院里来。我知道他叫小沙，已经八岁，是小学二年级的学生了。他每次来，少不了要带些鸽子食物，玉米呀，麦子呀，小米呀，一进院子，就往地上一撒，或者把帽子翻扣着，撒在里边，鸽子就站在他的头上。从此他再来，鸽子就向他飞去，我待在房子里，一听院子里鸽子的响动，就知道是他来了。他和鸽子玩起来，似乎把什么都忘了，常常忘了回家，让他父亲吼着粗声在巷道里喊。他对着鸽子说好多好多，学着鸽子睡觉时那种似睡非睡的蒙眬眼。

"叔叔，鸽子会做梦吗？"

"会吧。"

"它飞过的地方都能梦到吗？"

"能吧。"

"这城市有多大呢？"

"有几十里方圆的。"

"它能飞得出去吗？"

"当然飞得出去了。"

"啊，那多好！"

到了五月，郊外农村的麦子熟了，我们一块去收割后的田地里给鸽子捡麦子。一到田野，他就显得知识比我丰富，能分辨出几十种草名、虫名，捡麦子比我捡得多，而且又不穿鞋，光着脚在麦茬地里跳来跳去。说他们在山里收麦子，常常半夜就下地了，等到天亮，地里的麦子就割倒了一半，突然就会在前面不远的麦丛里忽地窜出一只野兔子来。

"兔子！兔子！"

大家都呼喊起来，扬着镰刀去追，跑在最前边的是他们一伙孩子，就堵住了山坡下的去路，把兔子往山坡上赶。那兔子却在山坡上像飞一样快，眨眼就没踪影了。

"傻孩子，兔子后腿长，下坡不行，上坡最快呢。"老人们笑着他们。

"那野兔子都是好皮毛。那一个麦收天，好几个皮帽子就这么没了。"他笑着给我说。

这孩子原来这般有趣，是我以前未能想到的。不到十多天他给我讲了许许多多山里的故事，我也教会了他饲养鸽子的所有知识，我们已经是很熟很熟的朋友了。

有一次，我们再去郊外的时候，我便把全部的鸽子带去，在每一只鸽子的后尾上装上竹哨，一下子用手托着放上天空，那哨音就嘤嘤噜噜地响，像飞起了漫天的歌子。他惊奇得抚摩着自己的手，说这歌子全是从他手里放出去的，然后就没了命地追着跑，大声地喊：

"鸽子！鸽子！"

末了我领他往回走，他一直仰头望着天空，数那消失在云际中的十几个黑点儿。

"那鸽子呢？"他忧心忡忡地说。

"它们会回去的。"

"它们能认得路吗？"

"是的，它们还能捎信呢，如果把它们带到几百里的地方，将信缚在它们腿上放了，就会寻着送回家的。"

孩子就睁大了眼睛，深深后悔山里不曾有人养过这种鸽子，那灰色的扑鸽从来未听说过有这种本事。

"在山里要有这么个鸽子，现在不是可以给娘去信了吗？"

"想娘了吗？"

"娘要是想我，她不会写信，也可以在鸽子腿上缚几个面香包的。她每次蒸馍，都要在灶火里给我烧几个面香包的。"

"想得厉害了，你可以回去看看嘛。"

他脸阴下来，说：

"爹不让我回去，我也寻不着回去。"

这时候，我就不敢再说下去，赶忙教他学着鸽子鸣叫，他果然很快就把什么都忘掉了，鼓着小嘴，嘟儿曜儿地锐声发着卷舌音。

我们在一起这么又玩过十天吧，他却突然不来了。

但是，每天早晨，我一打开院门，门槛下就发现有一个小小的纸包，里边总是包着玉米，或者小米和麦子。我猜想这一定是沙沙放的，可为什么人不再来呢？我在巷口特意等着了他。

"沙沙，你怎么不来了？"

"爹不让我来。"

"为什么？"

"说我不好好学习，光贪玩。"

"放了学也不让吗？"

"他说我野惯了，要收我的心。等等，我不像个城里孩子吗？"

"这话是谁说的？"

"爹说的，他骂我山里山气的。"

"……"

孩子头勾了下去，突然问道：

"叔叔，鸽子好吗？"

"好的，沙沙。"

"我送的东西，它们喜欢吃吗？"

我紧紧抱住了他，要他不要送那些小纸包了。

"你爹知道了，又要骂你了。"

"爹不会知道的。"

孩子不能再来，我常常坐在院子里读书的时候，总觉得空寂，读着读着，似乎就觉得矮墙头上有个人影，看时却没有，这么读不上一页就往矮墙头上看看，沙沙再也没有在那里出现过。鸽子也有些不习惯了，常常不安地在那里鸣叫。我就再也读不进书，走出院子，到巷口去寻沙沙，但常常落了空。

巷口总有一群孩子在玩着，沙沙偶尔也在里边，还穿着父亲那件宽大的旧中山服，后来就穿一件又脏又长的背心。当孩子们围着跳着皮筋时，沙沙就退了出来，蹴在远远的一边看着。

"你怎么不去玩？"我过去说。

"我不会。"他说。

"那容易学呢。"

"他们笑我山里山气的，我也不想玩那个。叔叔，城里怎么没有大粪堆呢？"

"大粪堆？"

"我们山里，冬天里大场上总有几个大粪堆的，上了冻，白花花地潮了霜，那牛草粪一点也不臭，我们就分了两队去争那'将军台'，那才有意思呢！还有村后一个大土坡，我们用条凳反放了，坐上去开火车，那么陡的，越开越快，风呼呼的，心就忽地提起来，麻酥酥地疼……这里没有，他们谁也不玩这个。"

我无法回答他，如何去向孩子解释"这是城市呀"？！这个城市里，对于他，只有鸽子才能挑逗起这一颗幼稚的心。我于是又向他说起鸽子的近况，他话多起来，问这问那，竟问起鸽子是什么变的。

冯山就在巷子那头瞧见了我们，开始大声叫喊沙沙。

"爹又叫我了。"他说。

"你快回去吧，要不他又骂你了。"

他站起来，立即显得痴痴呆呆的样子，往家里跑去，那身上的书包带子过长，呱嗒呱嗒直磕着后腿弯儿。

一直到了仲夏，沙沙还是没有到我家玩过鸽子，我因为工作忙，也很少找过他，但是，却听了不少关于他的议论。

"啥人啥气质，本性难改，沙沙也是吃的白米细面吧，可还是山里山气。"

"听说他和巷里的孩子合不来，只会说些山里的野蛮事！"

"他差成色哩！"

"他怎么就出了一头一脸的痱子，眼皮都肿了呢！"

"他不耐城市的夏，夜里嚷着铺席到巷外口睡，他爹不让，他又不避太阳……"

"山里的孩子少教呢。"

"你知道他游泳的事吗？"

"知道。"

他们就在那里哈哈地笑起来。

　　我叫过了一些孩子，问起游泳怎么啦，他们说游泳池一开放，他就去了，但就去过这一次，却再也不去了。

　　"他是流氓！"

　　"流氓？"

　　"他到了游泳池，竟不穿游泳裤，赤条条的，尿一泡尿用手在肚子上一抹，一个猛子就扎了水里去，脚手打水，满池里水花乱溅，管理员便揪着他的耳朵拉出去了。"

　　"后来呢？"

　　"我们都叫他流氓，他说他们山里就是这样，我们就又羞他，结果他就动起手来，我们打了一架。"

　　"后来又怎么样呢？"

　　"他再也不和我们玩了。"

　　这笑话传了好长时间，听说从此沙沙就不大走出家门，要么，一个人呆呆地蹲在谁家屋檐下，瞧人家笼里的鸟儿，对鸟说好多痴话。竟发生了更荒唐的事：他有三次将那鸟笼儿打开，放走了鸟儿，挨了主人家的耳光，又告状给他父亲。

　　"你怎么放掉鸟儿？那是多珍贵的鸟儿！"有人问他。

　　"那鸟儿不好，鸟没有鸽子飞得高呢。"

　　"你真呆！"

　　"你真呆呢！"

　　结果他父亲揍了他几次，但越发痴呆起来。

　　每每听到这些，我心里就伤感起来，总担心这样下去他会闹出毛病儿来。我劝着人们不要嘲笑他，心想无论如何也该去看看这孩子了。这天早上，我还没有起床，院门突然被人咚咚地打响。门才开了一道缝，沙沙一下子挤进来，一见我就哇地哭了。

"怎么啦？！"我吓得抱住他，不知道发生了什么事。

"那只白鸽子死了，是猫咬死了！"

我吃了一惊，忙去鸽笼查看，鸽子笼关得严严的，那只白鸽子好生生着。看他时，他也疑惑了，使劲眨着眼睛，突然就笑了。

"你这是怎么啦？"

他说：

"我做了一个梦，这些鸽子放在我家，我正睡着，突然听得扑扑棱棱一阵响，忙出来看时，原来一只猫钻进笼去，别的鸽子全飞了，这只白鸽子被咬死了，我就愣哭，哭醒来，就赶忙跑来了。"

原来孩子做了一个梦，我乐得直笑，笑着笑着心里却很疼，我拉他进屋坐下，给他拿糕点吃，他却从怀里掏出一个小布口袋，里边全是大米，说是给鸽子的。我不收，他便连抓了两把土搅在里边，就背了书包要上学去，又不要我送，怕他爹瞧见了。

但他爹当天晚上就知道了这事，听说狠狠打了孩子一顿，要沙沙保证再不拿粮食去喂鸽子，保证再不要到我家来。而且还恶言恶语，说了我好多不是，我原准备去他家看看孩子、劝劝冯山，便只好作罢了。有几次我和冯山在巷口碰着了，他就窝了眼睛，一别脸过去了，好像我成了他的大仇人了。

秋天里，冯山却突然来到了我家。

"老夏，这门槛能让我进去吗？"他在门口说。

"门槛上有老虎哩！"我没好脸儿给他。

"实在对不起，老夏，我给你赔不是来了。"

"沙沙没来吗？他好吗？"

"我没有让他来，你生气了吗？"

"那是你的孩子，我生什么气！可我真不明白，为什么要那样对待孩子呢？"

"是的，所以我来求求你一件事哩。"

"什么事？"

"他整天念叨着你，念叨着鸽子，我虽然让他待在家里，但他那心魂儿却总在你这院里。他偷过粮食，我打过一顿，他乖是乖了，却更痴呆起来。进城这么长时间了，还一点不像个城里娃娃，小小年纪，倒一点不灵醒，现在又整天嚷着要回山里去，我真害怕他有一天会突然跑掉呢。"

我说：

"孩子才从山里来，不习惯这里，你那么管束，真会坏了他的。"

"可他什么也不感兴趣，只对着鸽子亲。"

"他毕竟在山里长大的，你让他来这里和鸽子玩吧。"

"也不能尽了他的野性儿，慢慢矫正着他；你能不能卖给我一只鸽子呢？"

"卖给？"

"这样或许他会好些吧。"

冯山掏出三元钱来，但我没有收，将那只白毛红嘴的鸽子送给了他，让他带给沙沙。

后来，我就去了他们家几次，孩子爱鸽子竟比我更甚，他自己钉了一只十分好看的小鸽子笼，就挂在屋檐下的墙头。那鸽子的翎子用细绳扎了一撮，它就不能远飞，正双手托着，一会让飞在房脊上，一会让落在院子里，他就在地上做万般动作，伸长脖子，发着卷舌音，抖着身子，将两条胳膊扑拍着，做一个鸽子起飞的样子，逗着鸽子一刻也不能安宁。

见我进来，忙说：

"叔叔，这鸽子现在认我吗？"

"认的，这么些天了，会认你的。"

他解了那翎羽上的细绳儿，鸽子拍打了一阵翅膀，就一下子飞得老高老高，倏忽在云里消失了，但过会儿又飞了回来。他乐得大呼小叫：

"我的鸽子！我的鸽子！"

他高兴了，我也高兴，孩子的爹笑着对我说：

"有了这鸽子，他再没嚷着要回山里了。"

"是吗？"

"真怪，这孩子这么爱着鸽子？"

"真怪。"

从此，我坐在我家院子里，每每看见那只白毛红嘴的鸽子在笼子的上空飞来飞去的时候，我就深深地祝福着这孩子，这孩子的幸福鸽儿！

过了不久，这个城市里却遭受了百年不遇的特大风雨，连续几天几夜，城里倒塌了好多旧房败墙。我家的东边院墙也坍掉了一截，风雨过后，忙活了好多天，才重新修好。这么又过了一个月吧，我竟没有顾得去看看沙沙了。有一天在巷子里，几个老太太从面前走过，却听见她们捂着鼻子在说着什么。

"真可怜呢。"一个说。

"平日瞧着不顺眼，到这阵，可真叫人心疼呢。"

"他怎么那样呆呢，就是为了一只鸽子？"

"是他把鸽子害了。"

"鸽子害了他。"

"他怕不能活了呢。"

"也好，就不受罪了。"

我不知道这是说谁，但心里"别"地一跳，觉得不安了。吃过晚饭，正在院子里闷坐，冯山却来了。一进门，要对我说话，眼泪就唰唰地流了出来。

"啊！"我叫了一声。

"我找了你几次，你都不在，好长时间你没有去我们家了。"

"我忙。"我说，"沙沙怎么没来呢？"

他一下子哭出了声。

"他怎么啦？"

"可怜的孩子，他快不行了，这几天常常昏迷，醒来就叫着你，叫着贝贝。"

"贝贝，贝贝是谁？"

"就是你送的那只鸽子，它死了。"

"死了？！"

　　冯山告诉我，那场大风雨夜里，他们已经睡下了，到了半夜，雷声大作，沙沙就醒了，光着身子出来，要把鸽子抱回屋来。外面风雨很大，他没有叫醒父亲，一个人搬了凳子，太低，又在上边垒个小凳子，摸摸索索爬上去，手已经抓住鸽子笼了，一个电闪，他一惊慌，失了重，将鸽子拉了下来，又忙去接，凳子滑倒了，他大叫了一声跌下来，身子正好压在鸽子笼上，贝贝就让他压死了，他也跌断了脊椎骨，从此瘫在床上，小便也失禁了。

　　"他瘫在那里，整天都在哭，说他的贝贝没有死，还在天上飞，要我把他拉起来，但他自个连身也不能翻，就发了疯地哭喊。"

　　"你为什么不来告诉我呢？"我发恨地说。

　　"我不好意思再来找你，沙沙也不让告诉你，说他害了贝贝。如今，尿道又感染了，几天不能吃喝，却哭得更凶，医生也没了办法，我真担心他会……你能去一下吗？只有你去劝劝他，或许他会听你的呢。"

　　我匆匆赶到他家。这时夕阳只有一道红光，正血红红照在窗子上，院子里空空静静。屋子里，一切物件无方位地堆放着，窗下一张床上，沙沙仰躺在上边，已经瘦得失了人形，一见我，就哑着声哭了。

　　"沙沙！"我忍不住也流下泪来。

　　他要父亲扶起他来，我挡住他，看见他的背、他的屁股已经在席上腌烂了，溃了一片一片……

　　"叔叔，贝贝死了。"

　　"不要伤心，沙沙，我把全部鸽子都送给你吧。"

我走到院子，看见我家的鸽群正飞过天空，我就大声地打着口哨，鸽子就飞了过来，不停地在院子上空飞旋，那翅膀的扇动声，竹哨声，咕咕噜噜地响，沙沙在屋里就锐声叫：

"鸽子！鸽子！爹，快把窗子打开，让我看着鸽子！"

窗子打开了，但他还是不能看见，急得直叫，他爹就把一个镜子斜放在窗台上，让他从镜面里反照着看。我进屋看见了，眼泪再也止不住，就又打着口哨，把鸽子全叫进窗来，鸽子就落在他的身上、床头。

"叔叔，你让鸽子飞，那响声真好听呢。"

我便把雌鸽子抓起来，逗那雄鸽子满屋扑扑棱棱打翅膀，沙沙乐得喘着气叫：

"真好听，真好听。"

我和孩子的父亲不敢停下来，尽着法儿逗弄鸽子，末了我们累得满头大汗，还是不能歇下，不住地跑动，不住地打口哨，满房子都是咕咕，噜噜，扑扑棱棱的响声。但是沙沙再没有笑出声，走近看时，他已经静静地合上了眼睛，早停止了呼吸。

鸽子还在飞动着。

沙沙死掉了。这可怜的山里孩子，在城里火化了，装在一只木匣中，像那个小小的鸽子笼一样，他的父亲把它放在柜台上。

"我真后悔，"冯山隔几天到我的院子来，一看见我的鸽子就流泪了，"我害了他……"

"可怜的沙沙，怎么早早就走了。"

"他受了多大的罪，整整躺了一个月，动也不能动，他反正再站不起来了，走了也好。"

"也好。"

"我昨日做了一个梦，听见沙沙在门外叫我，我走出去，沙沙笑笑的，却变成一只鸽子飞走了。"

"是吗？"

我的鸽群，正飞过院子的上空，咕咕地鸣叫着，越飞越高，一直向云际里飞去。

我和孩子的父亲都抬起头来，注视着那高飞的身影，觉得那里边一定有一只，就是沙沙。

载《北京文学》1982 年第 10 期

春暖老人

CHUN NUAN
LAO REN

　　风刮了一夜，早晨起来，雨也洒了下来。雨像从箩里筛出来的粉末，雾蒙蒙的，裹了村庄、田野。老梨树上，花骨朵悄悄绽了，滴溜着水珠儿。行人并不戴草帽，却仰起面来，让雨淋在脸上、脖上，叫道：好雨，好雨！

　　在北屯的街头，王作兴老汉一摇三摆地出现了。雨打湿了老汉的前襟后背，眉毛上、胡子上挂着亮亮的水珠儿。老汉走过来，小孩似的一边踢着鞋上的泥片片，一边大声地打着哈哈。人们和他打招呼，问他近日身子骨可刚强？问他队里照看得可周到？问他来这儿是不是要下羊肉泡馆子？老汉哈哈一笑，进了商店，嚷着要买纸。

　　纸，大红光纸摆在面前，老汉眼凑近，一处一处地看了颜色重不重；伸出指头来，像一根剥了粒的玉米穗，在纸面上齐齐地摸过了，看纸面光不光；又把纸提在半空，对着亮光照照色气匀不匀。售货员嫌老汉太讲究，老汉严肃地说："马虎不得，马虎不得！"拣好了，叠了，揣在怀里，车转身就走。众人劝说雨住了再走吧，老汉却没耐性了：

"淋不湿的！那么讲究？"

泥吸得鞋老掉，老汉在石头上刮刮，找一截草绳儿从鞋底到脚面系了一道，踢踏踢踏地往东去了。

老汉一辈子不会唱戏，不知怎么，今日喉咙痒得想唱几句。唱啥呀？一张口却嘿嘿嘿地笑了。他笑售货员不理解他对纸的要求，她哪知道这纸的用场呢？哪知道老汉对纸倾注了多少感情呢？昨天搬进了新村，他要给新屋里贴对联呀！他歪着脖子让雨往脖子里落。他觉得这样舒服。他看见了天上的云在不停地变换着形状，一会儿像马，一会儿像骆驼，他觉得他就坐在马背上、驼峰上。一会儿马和骆驼又变了，像座房子，也是两层楼，有外间，有内室，有厨房，有后院，他觉得分明是他的新屋嘛！不知怎的，他唱出口了：

无儿无女却能把福享，
春暖老人感谢共产党。

在村口，老婆在那里接他。老婆今日也变得这么干净、好看。

一见面，她就在他怀里掏纸，纸是红的；老两口的脸也是红的。把纸迎回家，家里像落了仙，老两口慌前忙后，请来了小学教师，摆烟，泡茶，调墨，裁纸。老师开始写对联，写啥吗？老两口立在一旁说，一定要按他两口的心思写。

他们说：他们是孤寡人，一辈子没守住个儿呀女呀的。旧社会，他们鸡尻子掏蛋，捏起一分一分钱，不吃盐，不点灯，去买香火求神，去庙里磕响头，虔诚得在五黄六月日头下顶香炉。阴阳师要他们搬了几次炕，安了几次门，可是儿女还是守不住，穷日子反倒更恓惶。

他们说：他们也生过娃，而且生过五个娃。可是人穷，娃一落草，大人就饿得没奶水，三天后又得去下地。下地回来，娃饿得从炕上滚到地上。娃得病了，没钱请医生，自个儿用针在娃鼻根上扎，巫婆给娃喝香灰面，三折腾两折腾，娃在怀里发凉了。没个后，老年咋度呀？他们一看见那些倒在路边死了的孤寡老人，浑身起指头蛋大的疙瘩……

他们说，他们托毛主席的福了，到了晚年遇到了好光景。队里把他们五保起来，有吃，有穿，有钱花。你瞧瞧，面柜柜、米瓮瓮、盐盒盒、酱罐罐，哪个不满？冬有棉，夏有单，里外三新。老两口日子称心，爱看个戏呀电影的，总坐在前头；三天两头，爱包个饺子什么的，到菜园去，韭菜、番茄、豆角，选着鲜活物儿吃。哎，算是念了真佛了！

他们说：他们在家里也坐不住，老汉当过小队贫协，干过十几年保管，虽然不识字，队里一条麻绳，一颗钉子，没出过差错。六十一岁那年，给队里淘井，井塌了，伤了腰重活干不了了，就给队里务树。一直到七十二岁上，实在支撑不住了，才歇下了。可他们心歇不下：扫扫街，护护路，地里吆吆鸡。

他们说：他们没见过人都这么好，他们在家，干部、社员都来串门，见没水，有人担，见没柴，有人背。出门去，坐车有人让座，上船有人搀扶。有人头疼脑热，炕边围一圈圈人，街坊邻居做了好吃的，也端来尝个鲜儿。他们没见过庄稼长得这么好，过去牛拉犁，犁沟半柞深，现在用拖拉机，人跳进犁沟里矮一截。他们没见过电灯这么亮，以前点菜油，动不动就没油。没个娃子，摸黑扳倒枕头就睡；有个娃，屙下了，点两根芦子，急里慌火地擦几把。他们没见过村子里竟还修起居民点，土农民还能住"洋楼"！新楼刚盖起，支部书记就对他们说："大叔，大队决定让你第一个搬家！"嘿，这新楼，墙多白，地多光，玻璃窗儿多亮哟！一辈子谁住过这新楼，当年娶亲，一间草庵里拜天地。如今一进新楼，乐扎了，年轻了。人说金銮殿好，哪有咱新楼好呢？因此，昨晚老两口商量了半夜，才决定今日特意上北屯买大红光纸，写上对联，贴到中堂上。

老两口不停地说着，显得是那样啰唆，那样琐碎。小学教师静静地听着，却为难如何下笔。老汉说：

"愣啥哩！咱老粗人不会咬文嚼字，刚才路上顺嘴哼了两句，咱觉得是咱心里话，你就写上。"

教师问是哪两句，老汉就又拉长调往下吟：

　　无儿无女却能把福享，
　　春暖老人感谢共产党。

　　对联写好了，老两口搭凳子，上柜盖，一个在墙上毛主席像两边贴，一个在脚地看端正。

　　贴好了，屋子里显得更亮堂。老两口一遍又一遍念叨着那两句话，念着念着，老婆却撩起衣襟擦眼泪，哽哽咽咽地哭了。

　　"啊！你哭啥？"老汉吃惊了。

　　老婆赶紧擦了：

　　"我没哭，我没哭。我想，要是咱那五个娃遇到这好世道，也不会死了。"

　　老两口正说着，门口就一阵锣鼓响，接着拥进一群娃娃来。噢，原来大队幼儿园给他们住新房贺喜来了。

　　孩子们拿着画儿，给他们贴在墙上，把屋子打扮得像个画展室；孩子们拿起扫帚，把那里里外外，墙角砖缝，打扫得一干二净；孩子们特意折来一束桃花，插在柜上的瓶里；孩子们张开几十张红红的巧嘴儿，一声接一声地叫"爷爷""婆婆"。

　　老两口喜滋了，看着这画儿上一样的胖娃娃们忙来忙去，听着这一声声比百灵鸟唱歌儿还中听的叫声，生火起灶炒玉米花儿，翻柜取糖化甜开水儿。抱住这个亲一口，叫声"蛋！"搂住那个亲一口，叫声"肝！"他们反反复复唠叨说，谁说他们没儿没女呢？这不是他们的儿女吗！谁说他们屋里寂寞呢？那一瓶桃花闹得多红火！

送走了娃娃，送走了大队干部，又送走了众乡亲，鸡儿已经在棚里打迷怔了。老两口铺好了被褥，展开了太平洋单子。可是谁也不想去睡。盘脚搭手坐在炕上，又一眼一眼看起那墙上的对联了。电灯底下，那纸是那样红，那字是那样黄。

"老婆子，这对联写得好吧？"老汉吸溜着烟袋，好像今晚这烟也特别香。

"好，好！老师这字龙飞凤舞的好！"

"字好！这意思呢？"

老婆这才知道老汉在夸耀自己编的这两句话哩！是哟，她有些眼红老汉，一个大字不识的，怎么就能把他和她的心思这么完全地编进对联呢？两人一对视，便都似乎害羞地嘿嘿嘿地笑了。

笑声熨平了老人脸上的皱纹，笑声从窗子里飘出去，引逗来了一股暖暖的春风，在院子里轻轻扫过。老梨花又开了一层。

鸡叫头遍了，老两口才躺在绵乎乎的炕上……

一觉醒来，老婆悄悄坐起身，她半夜里就拿了主意：明日要到大队保管室去，一定要把那些破骡马拥脖拿回来补补。如果那保管员再不让她补，她一定要狠狠训他："你不让我再为社里办些事，你存心要我得病！"

可她一坐起，发现那头早没见老汉了。老汉啥时候起身的？

她急急穿衣下炕，出门就往保管室跑。才跑到巷口，就看见了一个熟悉的身影，正抱着大扫帚在扫街道……

　　哟，这死老汉子！

1977 年 5 月

第一堂课

DI YI
TANG KE

第一堂课下了。

俊秀合上课本，拍拍衣襟上的粉笔末，走出了教室。啊，太阳还没有出山哩，大海似的丛岭裹着雪衣，多么恬静、洁白、晶莹！她双手在半空画个半圆，做个深呼吸，让激动的心情安静下来，但是，心却跳得更厉害了。口中的热气开始在绛红色毛围巾边上镶起了无数的小明珠，俊秀看见，每颗小明珠里，都有她。孩子们在那边快活地大叫起来，他们在玩"老鹰抓小鸡"，时不时把雪粉扬在半空；竟有一团轻轻地飘落在她的领口里。她并没有去抖掉，倒感到一种痒痒的舒服。

山乡的冬晨，原来是这样美啊！山坡下，是一条沟，一条沟；沟道里，是一家人，一家人。这高高的天门台，真像城市中的钟楼，从这里通向每条大街小巷；这三间草棚学校，不就是人人注目的报时表吗？

自从粉碎"四人帮"后，俊秀要求去山乡教学的申请得到省"师专"的批准，打起背包来到大深山大队起，她越来越爱上这个学校了。她目光又盯在了教室山墙上的红标语：欢迎新老师！脸上就涌起一股幸福、自豪的红晕……"就是我吗？就是我吗？"她想，心口便又突突地跳起来了，竟害羞似的跑到天门台边上去。

从这里望下去，天门台的半山腰，"之"字形的路上，正爬着一队毛驴。毛驴身上驮着两个大筐，满满地装着什么，一个小伙在后边赶着，过山风把鞭声送上山来，隐隐约约，驴在叫着。毛驴赶到教室后的山拐弯，却全在那里停了。就看见一个光头老汉，半跪在驴前干什么；然后，老汉只牵了一头毛驴拐过弯，向这边走来。

"老支书！"俊秀已认出那老汉来了，不就是咱大深山大队的支部书记吗！她叫了一声，一股风却把话刮跑了；老汉并没有听见，只使劲牵毛驴；毛驴不走，他扬起了鞭子，不抽，只拿鞭杆在驴后腿弯捅捅；驴始终没叫唤，四蹄一阵走马灯似的跑，石板路上的薄雪，便无声地搅着花团。

"老支书！"俊秀又叫了一声。

"啊！延老师，下课了？"

"下啦。"俊秀接过老支书手里的驴缰绳；她却"扑哧"地笑起来了。她看见驴的好打扮：四个蹄上，全穿着龙须草"套鞋"；

驴嘴上，戴着毛毡帽"口罩"。

"嘻！驴真够暖和的！"俊秀说。

"这毛虫，是深山的拖拉机。它才不冷呢！"

这倒是真的，毛驴浑身汗漉漉的，"口罩"上，腾着一团白雾。"那怎么还保护这么个样儿？"

"这样没有声响呀！"

"声响？"

"这毛虫，别看蹄儿小，叩在石路上，能溅出火星来，'得得得'！像戏台上的打板。又爱叫，声高粗得难听。"老支书说，"它驮这两筐砖瓦要从教室屋后过，不保护这嘴和蹄，会影响你们上课哩！"

"影响上课？"俊秀这么说了一句，心就腾腾腾地跳，同时有一股麻酥酥的东西传遍全身。她抓住了老支书的手，她不知道这阵应该对他说些什么。

"老支书……"

"你们上课，需要安静；你又是第一次课……没办法，我就让二娃把驴赶到那拐弯处，拿这草套子包了蹄子，用毡帽捂了它的嘴，不扬鞭子，摘了铃铛……"

"你们运了几趟了？"

"五头毛驴，三趟了。"

三趟了。就是说，老支书轮流着给驴穿鞋捂嘴，牵拉着从这儿往返三十次了！但是，她一堂课中，连一丁点儿声音也没有听到啊。

"这毛虫蹄子倒厉害，竟踏烂了五双草套了……"老支书说着，随便用脚踢着路边一只烂草套。

俊秀捡起烂草套，宝贝似的捂在了心口。她眼窝有些湿了。她取下鼻梁上的眼镜，没有说话，手在空中画个半圆，停止了。立即又戴上眼镜，脱下大衣，就往老支书身上披。老支书硬是不：

"延老师，你瞧我头上这水！你们有知识的人，身子单，又乍来才到，快穿好，别感冒了。咱这儿条件差，里外就你一人，不习惯吧？"

"习惯，习惯，一来我就爱上这儿啦！"

"慢慢就会好的。听说要来个'师专'老师，山里人高兴得念了佛了。前了开了会，决定扩建这学校。你瞧，昨儿晚上就动了工，往这儿运了多少砖瓦了！"老支书指着教室后边的平台上，果然有一大堆砖瓦。"今早，我和二娃继续驮运。这个星期天，就要动土开工啦。嗨嗨，本来想一点不影响你们，可任务紧……"

"老支书！"俊秀动情地说，"你们不要这么牵着运了，不会影响我们的，不会影响的。"

"砖瓦差不多也齐了，这是最后一趟啦。"老支书笑了，突然说，"噢，趁下课这机会，我快运完这一趟去。"

老支书回过身来，用手搭个话筒形，朝拐弯处喊：

"二娃！下课了，全赶过来吧！往快，快点！"

拐弯处一阵鞭响，就涌出一队毛驴：铁蹄得得，铃铛叮叮，驴唤声声。

俊秀呆呆地站在那里。孩子们的嬉闹声一阵比一阵更红火了；几抹雪粉被风吹落在她的嘴唇上，立即烫化了；她抿抿嘴，雪水便甜甜地沁下了肚。猛地，她又想起了什么，紧跑几步，撵上老支书，说：

"老支书！把砖瓦卸了，你能来听听我的课吗？"

"一定来！一定来！"老支书高兴起来，鞭子在驴后胯上狠狠打了三下，跑过教室后去了。

这当儿，山路上匆匆走来一个人，是乡邮递员，递给俊秀一封信。上面写道："延俊秀同学收"，下边是"摩天岭小学夏西韦寄。""啊，真快！他……"他是她的同届同学，也是她的未婚夫；虽然，他们俩都分配在同一个公社，但从大深山到摩天岭就得翻过三架大山二道沟呢！姑娘心里"别"地一跳，一把将信捂在心口。看见四下无人，雪地里满脸通红地拆开了信，一口气就念下去：

"俊秀：

你可知道，我是以多么激动的心情给你写信啊，这是我上完第一堂课后，伏在讲桌上写的毕业分配后第一封信啊！我要把我上第一堂课的情形告诉给你！

第一堂课，我昨晚整整备了一个夜晚的讲义。今天早上，预备铃响了，我拿着课本、讲义站在教室门口。该怎样形容我当时的心情呢？激动，紧张，幸福，害怕。我叮咛自己：别慌，别慌！

可汗却一股脑儿往外冒。我整整衣领，拉拉衣襟；一会儿，又整整衣领，拉拉衣襟。我不知道我该做些什么呀，心想：上讲台时，一定要大大方方的，不要扭扭捏捏，也不要太激动。你知道，我这人一激动，就不停地流汗的。就在这时，上课铃响了，我向讲台走去。天呀，我不知道这是怎样走上去的。刚一上讲台，同学们就站起来，说：'老师早！'老师，第一次有人叫我老师了！我惊喜，却不自然起来：老师，这是多崇高的称号！怎样才能不辜负这个'称号'呢？我打开讲义，眼光向下一看，呀，满满一教室，是无数的眼睛！那眼睛像山泉里冒起的无数水泡，像夜空中闪现的无数繁星，全放着光芒，交织起来投向了我……哎呀，我的一举一动全在他们的聚光点上了！一定要自然、大方，像个老师！但是，心又'扑通、扑通'跳，脸也刷地红了。我心里急叫：冷静，冷静！就咳嗽了一声，但是喉咙里还觉得不利，又是一声咳嗽，再一声咳嗽……我实在慌了！但是，就在我再一次抬起头来时，我一下子呆了，我看见在后边一排里，坐着我们山村的老支书。老支书！我差点儿没叫出来，他微笑着，给我点头。……我一切都明白了！可怪，心里踏实了，也不觉得慌了，打开了课本……"

俊秀笑了，说：

"谁不是这样呢？光你吗？你哟，你哟……"

她又往下念去：

"俊秀，还记得咱们要求去大深山教书的申请批准后的那个晚上吗？那时候，我们谈到我们的理想、未来，想象长着彩色的翅膀，描绘着我们将要去的地方。来到这山乡学校，我更爱上这里了！虽然这里学校就是四间房，教师就是我一个。我不知道你那儿情况怎样，你的第一堂课又是怎样上的？"

俊秀掏出那个烂草套，说：

"你等着吧，我要告诉你个更动人的故事哩！"

信的最后是：

"让我们为山乡教育事业贡献我们的力量吧，让美丽的青春放射绚烂的光彩吧！"

俊秀叫着夏西韦的名字，把信紧紧地捂在心口。她望着远山：山那边，茫茫的远际，那里有个摩天岭吧；摩天岭上的他呀……

当当当！上课铃响了。俊秀回过头来，一眼看见老支书将卸了砖瓦的毛驴交给二娃拉下山去了，他便戴上了那毛毡帽，抖抖身上的土，进了教室门。她，延俊秀，眼里放射出一种异样的光亮，站起来，理理头发，双手按在了那微微隆起的胸脯上，像捺住了一只欢蹦乱跳的兔子，像捂住了一眼汩汩喷涌的山泉；她一甩手，小步向教室跑去了。

第二堂课开始了。太阳，跳出了山，雪的丛岭上飞起了五彩的光环。

1977 年 6 月

第五十三个……

DI WU SHI
SAN GE

　　在沟里走，太阳坐在山尖上，在坡上走，太阳还坐在山尖上；远远的那片竹林子，一个小时前就看见它的轮廓了，现在还只是看见个轮廓。进山这么艰难呀！乐儿没精神了。蚂蚱在脚下飞溅，她也懒得用衣服扑打；一只毛茸茸的东西猛地窜下山去了，大概是兔子吧，她不愿意再想下去，便脚高步低地又没进了一片梢林去。傍晚的梢林里，越发幽暗起来，落叶在脚下起伏，发出浸浸的声音；这儿，那儿，一两声空旷的啄木声。乐儿害怕了，也就更想起城市里的马路，霓虹灯，十字路口的警察楼。她没了劲，正要在一面大石板上歇下来，眼前一亮，才发觉已要走出梢林了。梢林之外：一丛桃花连着一丛桃花，满峡的桃花！那儿有鸡鸣，响亮得像军号。

"姐姐!"

乐儿大声叫起来，山谷一片回声。山也在喊姐姐？她惊奇了，四下并没有姐姐的影子呀！姐姐在信上说，她就住在桃花峡，这不是桃花峡吗？她飞进了桃花丛里，她要寻姐姐的医院。先上门诊部，门诊部没见，就到住院部吧。可是，桃花深处，独独只有三间房。她站在门前，听得见蜜蜂闪翅的声音，接着便是自己一个很响的打嗝儿声。"还不是！"她坐在那边的石墩上，脖子也懒得抬起来了。突然，屋里传来"喠！""喠！"的响声，她走进去，看得见门里坐着一位老人，胡子飘在胸前，银丝般的；双脚在药槽子里不紧不慢地蹬着一个碾药磙儿。听见响声，回过头来，亲亲地叫了一声：

"歌儿！"

"我是歌儿的妹妹乐儿。"乐儿说，却惊奇起来，"你怎么知道我姐姐？"

那老人走近来，慢慢地将乐儿端详了，合掌无声地一拍，哈哈哈地笑了，笑得像深谷里的流泉。

"长得一模一样！一模一样啊！"

老人倒了茶，让她喝了，告诉说：这儿确实就是桃花峡，这屋就是医疗站，歌儿就住在这儿。这阵儿，歌儿到后山，就是看得见的那片竹林子里去出诊了。

乐儿推开姐姐的屋门，屋里摆设很简单，怕是住在山区吧，桌子呀，椅子呀，药架呀，木料结实，却笨重粗糙。那墙上的相框里，装着她和姐姐的合影：一模儿的瓜子脸，一模儿的葡萄眼，一模儿的卫生服。那是两年前，姐妹俩一块从医学院毕业时照的。一晃两年了，她在城里大医院，姐姐在山乡医疗站，谁还没见过谁哩！

老人又进来了，他坐在乐儿面前，看不够，问不够：

"你和姐姐是同学吗？"

"是呀。"

"好，好！"老人胡子颤颤地，深谷流泉似的笑着，"都是大夫了，都为人民服务了！"

乐儿高兴起来，问：

"这儿就姐姐一个大夫吗？"

"这大队三百户人家都能认得她。"

"这大队三百户人家吗？"

"从东边虎儿家到西边牛娃家是五十里。"

"一天能门诊多少病人呢？"

"一条山沟住一户人家。"

老人总好像是所答非所问，可乐儿全听懂了……她想起她在城里大医院里，一天或许能看三四十个病人哩，可姐姐呢？跑几十里，最多看一二个病人。

她没有和老人继续把话谈下去。她伏在姐姐的桌子上，看起玻璃板下的照片来。那照片真多，几乎全是婴儿相，数数：

五十二张。五十二个胖嘟嘟瞅着她，她似乎看见那黑黑的眼珠儿一齐放着亮光，那红红的小嘴一齐张开叫着。"这儿还有幼儿园？"她这么想，问老人时，老人已经走出去了，在那"哐、哐"地碾药。她走出来问道：

"姐姐啥时候回来呢？"

"哪家媳妇生孩子，谁说得准哩？"

"姐姐啥时候去的呢？"

"你来前不大一会儿。"

"那我也去帮她忙吧。"

老人捋着胡子，高兴了。送她走出门来，一直送她到山峡路口上，告诉说：竹林里那儿住着一对年轻夫妻，丈夫去铁路工地当民工。十天前，歌儿去给那媳妇检查，要她到山下医院去生产。她不，她说正是七月天，木耳成熟的季节，她走不开。粉碎了"四人帮"，山区多种经营大发展，她二十斤木耳的指标一定要完成。至于生产事吗，难道她丈夫还不回采，拽也得拽他回来！歌儿没办法，约好：临产时，烧火为号；看见烟火，她便立即赶到。那媳妇就整天在山上砍栲树，架成木架，看那木耳在阴雨下钻出黑点儿，一天一天长大。没想刚才，歌儿刚从二龙顶出诊回来，就看见那竹林里起了一股浓烟……

乐儿别了老人，向那竹林走去。路是架在山脊梁上，山风旋起来，似乎随时要把人旋下沟去。乐儿走在山路上，她突然想起她每天去医院上班，坐在漂亮的公共电车上提前到门诊部，拖了地板，擦了门窗，穿上卫生衣，一切收拾好了，轻轻叫一声：

"来！"

那长长的候诊椅上就走来一个病人……

突然，她听到有"咔嚓"的响声，抬头一看，山地里站着一个山里汉子，脸色铁青，目光迟钝，一双硬壳子手把身边一棵杨树枝扳折了。乐儿吓了一跳，叫道：

"啊！"

"韩大夫！"那汉子叫着。

乐儿知道那人又把自己错认成姐姐了，脸一红，说：

"我不是歌儿。"

那汉子便又站在那里发起呆来。乐儿便走近去，问道：

"有什么事吗？"

那汉子突然一把抓住了她，张口就说，好像她就是他的亲人，好像他一肚子话，实在憋得很了：

"今中午我从工地回来，媳妇就喊肚子疼……刚才，她生了个小子，多胖的小子，就是我梦中想象的那个样子，是个好种，长大一定像我一样有力气！我把那小子从脚地抱起来，他却不出声，用手拭拭鼻孔，气儿不出……"

"死的？"

"可不是死的。我媳妇一看，'啊'的一声，就哭起来了，抓着早早做好的虎头鞋、兔娃帽，哭、滚、哭！我一看，小子没了，媳妇还要出事哩，就抓了一捆稻草，裹了小子出来就要撂……"

"就要撂啦？"乐儿急了一身水。

"可不就要撂了。那韩歌儿大夫正好赶来，一把夺过小子，拿听诊器听了听，就将小子在怀里一揣跑进家去了。"

"现在呢？"

"现在我腿软得拉不动步了。"那汉子说着就又说起呆话了，"那是个好小子呀，像我，黑黑地，那么大个身架……"

乐儿忙拉那汉子就往前边的房子跑去。那房门关着，乐儿敲门，姐姐在屋里说：

"你个男汉子，别进来，要安静！"

乐儿站在门口，牙在下嘴唇上咬着。她看见那汉子伏在门板上的手在"突突"地颤着。突然，他翻身抓起一把镢头，在葡萄树下挖起坑来，挖得狠命呀！他要在院里挖个坑，埋下他的小子。"咚！咚！"镢头声沉重而又单调。乐儿冷起来，一身的鸡皮疙瘩。

突然，屋里亮亮地有一声婴儿哭声。门被打开了。那汉子镢头扬在半空，落不下来。乐儿喊他，他"哇"地一声，镢头从头后丢下去，扑进屋来，一把从炕上抱起一个红布疙瘩，那红布疙瘩下是一双乱蹬的小脚。汉子笑了，发狂似的笑，笑得那黑脸上显出一块块黑肉来。乐儿心松下来了，坐在炕沿上喘气，但她立即又跳了起来，她看见姐姐了，她正背身在里间屋漱口，那苗条、清瘦、漂亮的背影哟！

"姐姐！"

姐妹俩抱在了一起。孩子的母亲端着糖水，却认不得哪一位是孩子的救命恩人了。

"韩大夫，该怎么谢你呢！"那汉子说，直让婴儿给歌儿笑，他忘了孩子还不会笑呀！

"老张，没什么，孩子是羊水灌了口，出现了假死。若再迟一时，就真要出事啦。"

汉子眼泪滚了下来，说话也结结巴巴了：

"大夫，你，救了他的，命，你就，给他起个，名儿吧。"

"起什么名呢？"歌儿笑着说，"我接生了五十二个娃娃了，都要叫起个名儿，都推脱了。"

乐儿记起姐姐那桌子玻璃板下的五十二张婴儿照片了。一股热乎乎的东西从浑身涌上心口，而且她觉得直往上冲……她快活地说：

"姐姐，你就起个名吧，就叫五三吧！"

五三被绸缎裹得花团锦簇，在大家的手掌上旋转起来，像正月十五门前挂起的彩灯，像山崖上开放的山丹。五三又亮亮地哭起来，哭得是那样中听，中听得像是一首最优美的乐曲。

姐姐问妹妹：

"你享受过多少首呢？"

"三百吧。"

"可我只有五十三。"

"姐姐！"乐儿搂住了歌儿，"可我知道它的分量！"

"不，"姐姐说，"山区医疗还很落后，我们准备扩大医疗人员，增加设备，创造更好的医疗条件。那时候，你再来看吧。"

乐儿看着门外：竹林挺拔，最后一道阳光还落在山下的桃花峡，桃花开得更红了。红的是小娃娃的脸蛋吗？是五十三个脸蛋吗？五十三个孩子就站在这五十里方圆的每一个山头；每一个山头都有一丛绿竹，一丛桃花吧？

1977 年 6 月

·
散文
·

朋友

PENG YOU

朋友是磁石吸来的铁片儿、钉子、螺丝帽和小别针，只要愿意，从俗世上的任何尘土里都能吸来。现在，街上的小青年有江湖义气，喜欢把朋友的关系叫"铁哥们"，第一次听到这么说，以为是铁焊了那种牢不可破，但一想，磁石吸的就是关于铁的东西呀。这些东西，有的用力甩甩就掉了，有的怎么也甩不掉，可你没了磁性它们就全没有喽！昨天夜里，端了盆热水在凉台上洗脚，天上一个月亮，盆水里也有一个月亮，突然想到这就是朋友么。

我在乡下的时候，有过许多朋友，至今二十年过去，来往的还有一二，八九皆已记不起姓名，却时常怀念一位已经死去的朋友。我个子低，打篮球时他肯传球给我，我们就成了朋友，数年间身影不离。后来分手，是为着从树上摘下一堆桑葚，说好一人吃一半的，我去洗手时他吃了他的一半，又吃了我的一半的一半。那时人穷，吃是第一重要的。现在是过城里人的日子，人与人见面再不问"吃过了吗"的话。在名与利的奋斗中，我又有了相当多的朋友，但也在奋斗名与利的过程，我的朋友交换如四季。……走的走，来的来，你面前总有几张板凳，板凳总没空过。我作过大概的统计，有危难时护伤过我的朋友，有贫困时周济过我的朋友，有帮我处理过鸡零狗碎事的朋友，有利用过我又反过来踹我一脚的朋友，有诬陷过我的朋友，有加盐加醋传播过我不该传播的隐私而给我制造了巨大的麻烦的朋友。成我事的是我的朋友，坏我事的也是我的朋友。有的人认为我没有用了不再前来，有些人我看着恶心了主动与他断交，但难处理的是那些帮我忙越帮越乱的人，是那些对我有过恩却又没完没了地向我讨人情的人。地球上人类最多，但你一生的交往最多的却不外乎方圆几里或十几里，朋友的圈子其实就是你人生的世界，你的为名为利的奋斗历程就是朋友的好与恶的历史。有人说，我是最能交朋友的，殊不知我的相当多的时间却是被铁朋友占有，常常感觉里我是一条端上饭桌的鱼，你来捣一筷子，他来挖一勺子，我被他们吃剩下一副骨架。当我一个人坐在厕所的马桶上独自享受清静的时候，我想象坐监狱是美好的，当然是坐单人号子。但有一次我独自化名去住了医院，只和戴了口罩的大夫护士见面，病床的号码就是我的一切，我却再也熬不下一个月，第二十七天里翻院墙回家给所有的朋友打电话。也就有人说啦：你最大的不幸就是不会交友。

这我便不同意了，我的朋友中是有相当一些人令我吃尽了苦头，但更多的朋友是让我欣慰和自豪的。过去的一个故事讲，有人得了病去看医生，正好两个医生一条街住着，他看见一家医生门前鬼特别多，认为这医生必是医术不高，把那么多人医死了，就去门前只有两个鬼的另一位医生家看病，结果病没有治好。旁边人推荐他去鬼多的那家医生看病，他说那家门口鬼多这家门口鬼少，旁边人说，那家医生看过万人病，死鬼五十个，这家医生在你之前就只看过两个病人呀！我想，我恐怕是门前鬼多的那个医生。根据我的性情、职业、地位和环境，我的朋友可以归两大类：一类是生活关照型。人家给我办过事，比如买了煤，把煤一块一块搬上楼，家人病了找车去医院，介绍孩子入托。我当然也给人家办过事，写一幅字让他去巴结他的领导，画一张画让他去银行打通贷款的关节，出席他岳父的寿宴。或许人家帮我的多，或许我帮人家的多，但只要相互诚实，谁吃亏谁占便宜就无所谓，我们就是长朋友，久朋友。一类是精神交流型。具体事都干不来，只有一张八哥嘴，或是我慕他才，或是他慕我才，在一块谈文道艺，吃茶聊天。在相当长的时间里，我把我的朋友看得非常重要，为此冷落了我的亲戚，甚至我的父母和妻子儿女，可我渐渐发现，一个人活着其实仅仅是一个人的事，生活关照型的朋友可能了解我身上的每一个痣，不一定了解我的心，精神交流型的朋友可能了解我的心，却又常常拂我的意。快乐来了，最快乐的是自己，苦难来了，最苦难的也是自己。

然而我还是交朋友，朋友多多益善，孤独的灵魂在空荡的天空中游弋，但人之所以是人，有灵魂同时有身躯的皮囊，要生活就不能没有朋友，因为出了门，门外的路泥泞，树丛和墙根又有狗吠。

西班牙有个毕加索，一生才大名大，朋友是很多的，有许多朋友似乎天生就是来扶助他的，但他经常换女人也换朋友。这样的人我们效法不来，而他说过一句话：朋友是走了的好。我对于曾经是我朋友后断交或疏远的那些人，时常想起来寒心，也时常想到他们的好处。如今倒坦然多了，因为当时寒心，是把朋友看成了自己和自己的家人，殊不知朋友毕竟是朋友，朋友是春天的花，冬天就都没有了，朋友不一定是知己，知己不一定是朋友，知己也不一定总是人，他既然吃我，耗我，毁我，那又算得了什么呢，皇帝能养一国之众，我能给几个人好处呢？这么想想，就想到他们的好处了。

今天上午，我又结识了一个新朋友，他向我诉苦说他的老婆工作在城郊外县，家人十多年不能团聚，让我写几幅字，他去贡献给人事部门的掌权人。我立即写了，他留下一罐清茶一条特级烟。待他一走，我就拨电话邀三四位旧的朋友来有福同享。这时候，我的朋友正骑了车子向我这儿赶来，我等待着他们，却小小私心勃动，先自己沏一杯喝起，燃一支吸起，便忽然体会了真朋友是无言的牺牲，如这茶这烟，于是站在门口迎接喧哗到来的朋友而仰天嗬嗬大笑了。

1997 年 2 月

惜时

XI SHI

—致青年朋友

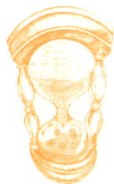

　　我在年少的时候，喜欢做大，待到老大了，却总觉得自己还小。四年前的一日，与几个同学去春游，过河桥，桥面上一个娇嫩的女人抱了孩子，我们说：现在是娃生娃了！那女人回头说：不生娃生老汉呀？！挨了一顿骂。她骂倒无所谓，说我们是老汉使我们惊骇了。也自那回起，我发觉我越来越是丑陋，虽然已经不害怕了天灾，也不害怕了人祸，但害怕镜子。镜子里的我满头的脸，满脸的头。我痛苦地唱："我的青春小鸟一去不回来——"真的不回来了！

　　基于此，我不大愿意提及我以前的作品。近几年关于我的散文编选过多种版本，我决意自己不再编，也不允别人去编了。但徐庆平反复地说服我，尤其以给青年朋友编一本为由，我难能拗过她啊。还是徐庆平，女同志，在我默允了她的编选后，又提出要写个序的。唉，牛被拉上磨道了，走一圈是走，走两圈也是走，这也正是失去青春而没有自信的无奈。

人不年轻，借钱都是难以借到的。

我说这些并无别意，只是过来的人，想让年轻的朋友还年轻的时候好好珍惜。对于时间的认识或许所有的人都有饥饿感，但青春期的饥饿是吃了早饭出差赶路，赶到天黑才能吃到晚饭的饥饿，而过了青春期的饥饿是吃了上顿不知下顿有什么吃的年馑里的饥饿。

1995 年 12 月

名人

MING REN

世事真闹不明白，你忽然浪成了一个名人。起初间是你无意做了一件事，或偶然说了一席话，你的三朋和四友对某一位人说了，正投合某人的情怀，他又说给另一位人，也恰投合，再说给别人去；中国的长舌妇和长舌男并不仅仅热心身边的私事，他们在厕所里也常常争论联合国是一个国家还是一座大楼，于是一传十，十传百，都以自己的情怀加工修改，众口由此成碑。再循环过来，传到你的三朋和四友耳中，他们似乎觉得这出源于他们之口，但又不全是出源于他们，不信，便觉得这么多人都信那就有信的道理，遂也就信。末了又反馈到你，"我真是这样吗？"你怀疑了，向崇尚你的人开始解释，可越解释你越有"谦虚"，谦虚恰好是名人的风度，你最后不得不考虑你是没有认识到你的价值吗？"哦，我还真行！"这样，你就完全是名人了。

你现在明白"造就"的厉害吧？你娘生你时她并没有给你起个响亮的名字，血辣辣的孩子堕在草炕，门后的鸡正下了蛋，红着冠嘎嘎直叫，你娘在这叫声中想起一个字作了你的名，这名儿连你在上学时老师一念点名册你就脸红。三年前去游大雁塔，人都在塔身上刻字留名，你呢，一是塔身被刻写得没有地方，二是你也羞于将自己名字刻写上去遭人奚落，但你总得留个名吧，名字就刻写在那个狗熊形的垃圾桶上。可现在，你用不着请客送礼，用不着卧薪尝胆，也用不着脱光衣服跑上大街或拿一颗炸弹当众爆炸，你就出名了。

你成了名人，你的一切都令人们刮目相看，你本来是很丑的，但总有人在你的丑貌里寻出美的部分。比如你的眼睛没有双眼皮，缺乏光彩，总是灰浊，而"单眼皮是人类进化的特征呀"，灰浊是你熬夜的结果呀！那些风流女子的眼睛漂亮吗？那么把它剜下来放在桌上谁还能分得清是人目还是猪眼？于是你又有了通宵工作的佳话，甚至还会有那长河中的轮船以你那长夜不熄的窗灯作航示灯的故事。你实在是邋遢，头发乱如茅草，胡子不刮，衣服发皱，但现在你是名人，名人的不修边幅是别一种的潇洒呀！最遗憾的是你个子太矮，若是别人，任何征婚启事都永远没有你"二等残废"的应征可能，但因为你是名人，相书上不是有破相者大相之说法吗？总之，名人怎么能用一般人的标准去套用呢？你丑而大相无形，你口拙而大相希声，你吝啬而大盈若盅。你不喜食肉，自称"草食动物"，因而素食营养最高的理论产生致使许多人形如饿鬼，你在闷热的夏夜卷席到街道去睡，四周高楼的居民纷纷离楼，传出"要地震了"的噩讯。

你的成名为你增加了灵光，且越来越发挥了社会的作用。住家附近常常闻到狗吠，居委会主任给公安局写信，要求居民签名，你是最后一个签的，但你的名字却排在了第一名。单位所在的那条巷公共厕所坏了，单位起草给公用事业局的报告里，也是以你为第一事例，说你如此的名人，一日十次的大小解，每每手里要提一块砖垫那臭水肆流的地板。你已经有了许多头衔，尤其是名目繁多的学会的顾问，什么会也请你，在主持人提高了声调介绍后的一片掌声里你得慌乱地讲几句话。所以你的好友和你开玩笑，一页的来信里总要半页写满你的头衔，称你"名人先生"。更多的是有人生了儿了要你起名，有人丧父，要你题碑文，你的案头上得永远放一本《新华字典》。你的字恶劣不堪，但你的字被裱糊了高悬相当多的人家的正堂上。你根本不会写文章，却有写书的人求你作序（其实你常常只在写书人自写的序文后写上你的手写大名就罢了）。远在千里的你的家乡人，闻讯而来缠你办事，大到来告状来买汽车来调动工作来要超生指标，小到来治鸡眼来要去结识某人来看戏来住旅社来配眼镜，以为你什么人都认识，你一句话值千金，顶一张公文，顶一枚政府图章，你说你不认识这些部门，"可你说出你的名来，天下谁人不识君呢？"

在多少多少人的眼里，你活得多荣光自在，有多少女子恨不能在你未结婚前结识你而长生相伴，也有多少女子希望能得到你婚后的一份青睐而终身不嫁相思到老，但是，你给我说，你活得太累，你已经是名第一，人第二。我慢慢是对你的话理解了。你曾经在公共车上听见旁边有人正谈论你，立即有一个人拍着腔子说你是他的好得没了反正的朋友，说你酒量如海，小腿腹有一片肉能大颗出汗，所以你大喝而不醉，说你下巴上有一个痣，痣上有三根毛。但你不认识他，他也不认识你，甚至还拍着你的肩头说："你不相信？也难怪，名人的事情你怎么会理解呢？"你去医院看病，划价的是一个美艳的少妇，她看了你的处方单惊叫着你就是名人×××？你说是的。她把头从极小的窗口里探出来看你，看你的脚，看你的头，看得你不知所措。少妇说："你真是名人×××？"你不好意思了，她却以为你心虚，"不可能，名人×××怎么会是你这样呢？他是多高大的块头，风度不凡，出口成章，怎么会是你呢？"你被怀疑是同名同姓或者是冒名顶替，你成了骗子，有了糟践名人形象的罪恶而被愤怒的人群殴打。你只好说："我不是×××，再不敢了！"众人饶了你，吼一声"滚！"你滚了。当你在正式的场合被认定就是名人×××了，你总被许多人围住照相，照了一张又一张，换了一人又一人，你得始终站在那里，你成了风景，道具，装饰物。你记不清你到底照过多少照片，但寄给你的寥寥无几。当你去旅游点看见那些披了彩带的马被男男女女骑上去留影时，你说你先世就是这马变的，这马将来转世，也将会是名人。我亲身经历了一次与你同去一个集合场面，几百人围上去让你签名，你的面前树满了持日记本的手的森林，你的身子随着人的海潮而波动不已，你无法写字，而外边的人还在挤，结果人群大乱，胡抓一起，最后谁也分不清哪个是签名的人了，我急得大叫，害怕你被纸片一样地撕碎，幸亏你终于爬出来了，你是从人群的腿缝下爬出来的，一爬出没有再看一眼那一堆还在拥挤拼抢的人就逃去了厕所。也就在那一次，你的西服领口破了，眼镜丢了一条腿儿，扣子少了三颗。

你不止一次地向我抱怨，说你家的茶叶最费，因为来客不断，沏一壶茶喝不了几口，再来人再沏新茶，茶叶十分之八是糟蹋了。烟更是飘雪花似地发散，别人家的排气扇若在厨房，你家却装在会客室，但墙还是被熏黄，花还是被呛死。再敲门你想躺着不开，来客却要守在门口，估摸你总得回家吧，你只好在屋里不能走动，不能咳嗽，索性还是把门打开了。你的自行车很旧，你喜欢骑这样的车子，随地可放，不怕贼偷，可你经过十字路口时被交通警挡住了，他朝你走来，你紧张了，分辩说你没有违犯交通规则，交通警却哗地向你行礼，说："×××先生，很荣幸你走我管理的路口！"你一场虚惊，甚至觉得他在恶作剧，但这张脸是那样真诚，他突然看见你的车子而惊叫："你怎么骑这样的车子呢？"立即招手挡住一辆面包车，连人带车把你捎走了。甚至你突然收到法院的传票，不去吧，法律是严酷的，你害怕那警车到来，去吧，犯了什么罪呢，你忐忑不安了。一进法院，接待你的人激动不已，视你为座上客，说："我们想见见你，你是名人，平时我们是不容易见到的，只好用这种办法了，望你原谅！"你原谅了，你能不原谅吗？外边开始在议论你的私事了，包括你的爱人，你的孩子，你的身体状况饮食嗜好作息时间，如此发展，就说到你有了情人，有了除现妻之外的前妻和预备的将来的后妻，这竟使十几年未见面的一位朋友来见到你的妻子说起你有多少风流韵事时，诚恳地安慰道："其实这有什么呢？你不必伤心，名人都是这样嘛！"使你的妻子哭不得笑不得，无法对他说话。闲话让他说去吧，可闲话一多就成了事实，你托人去街道办事处为孩子办独生子女证，办事员看见了你的大名，为难了，说："哦，是咱们名人的孩子，这孩子长得一定漂亮了！我个人是完全愿意为名人办事的，但计划生育是国策，他和前妻有过孩子，这个虽是续妻生的，却不能算独生子女啊！"你天大的冤枉，只好让单位出证明，说你是名人，可还没有那么快就换了班子呀！

唉，你就这么受名人的荣誉，也就这么受名人的苦处。

可是，又该怎么说呢，你不愿别人以名人对待你，你又毕竟意识到自己是名人而又处处以名人来限制自己。在公众场合，你不敢信口开河，在拥挤的小饭馆里，你不敢端了一碗面条蹴在墙角吃。你不能在买菜时与小贩高一声低一声地讨价还价，你不能在街上看见秀色可餐的女子而骑车经过时斜看一眼。社会要的是你的名，你也在为名活着！当你来到有人举办的关于搜集了你的签名和书法的展览馆门口而掏出和别人一样的价钱买门票时，我突然想象到如果有哪一天，有人写了你的传记电影在挑选演员，你如果也去应选，结果会怎样呢？或许导演会看中你的相貌与名人×××相似而选中，可一定会因你演不好名人×××而被导演臭骂一顿轰出摄影棚。

你说，你简直受不了了，"我不要这个名，我要活人！"你甚至想象到有一天你在人头攒涌的场合走着走着，突然身子发生质变，变成泥塑木雕，永远停在那里供人去观赏和礼拜，而你的真人逃走多好！或者更简单，你获得了一件古代传说中的隐身衣……但这毕竟是想象呀，你只有不断地向前来使你不能安静的人说："别把我当名人，我其实一文不值！"

是的，你一文不值，在你和你的妻子的吵闹中她不止十次地这么对你吼过。她知道你是一个多么平凡的人，知道你哪枚牙上有着虫洞，哪只鞋子夹了指头，还有痔疮，且三个外痔经常磨破，弄得满裤头的腥血，知道你有三天不刷牙的劣习，有吃饭时放屁的毛病。就是这样的一位妻子，你却是那样地感激她，热爱她，你在她的欢笑中耍娇，在她的叹息中计划米面油盐酱醋的开销，在她的唠唠不休的嘟囔中发怒。当每一个夜晚来临，你关了窗子，收了晾着的孩子的尿布，封了火炉，取了便盆，关门熄灯，将帽子大衣鞋子袜子和裤头一齐丢在沙发上然后溜进那个热烘烘的被窝去时，你说，我现在不是名人了，亲爱的……

1990 年 3 月

弈人

YI REN

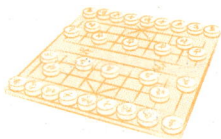

　　在中国，十有六七的人识得棋理，随便于何时何地，偷得一闲，就人列对方，汉楚分界，相士守城保帅，车马冲锋陷阵，小小棋盘之上，人皆成为符号，一场厮杀就开始了。

　　一般人下棋，下下也就罢了，而十有三四者为棋迷。一日不下瘾发，二日不下手痒，三日不下肉酒无味，四五日不下则坐卧不宁。所以以单位组织的比赛项目最多，以个人名义邀请的更多。还有最多更多的是以棋会友，夜半三更辗转不眠，提了棋袋去敲某某门的。于是被访者披衣而起，挑灯夜战。若那家妇人贤惠，便可怜得彻夜被当当棋子惊动，被腾腾香烟毒雾熏蒸；若是泼悍角色，弈者就到厨房去，或蹴或爬，一边落子一边点烟，有将胡子烧焦了的，有将烟拿反，火红的烟头塞入口里的。相传五十年代初，有一对弈者，因言论反动双双划为右派遣返原籍，自此沦落天涯。二十四年后甲平反回城，得悉乙也平反回城，甲便提了棋袋去乙家拜见，相见就对弈一个通宵。

对弈者也还罢了，最不可理解的是观弈的，在城市，如北京、上海，何等的大世界，或如偏远窄小的西宁、拉萨，夜一降临，街上行人稀少，那路灯杆下必有一摊一摊围观下棋的。他们是些有家不归之人，亲善妻子儿女不如亲善棋盘棋子，借公家的不掏电费的路灯，借夜晚不扣工资的时间，大摆擂台。围观的一律伸长脖子（所以中国长脖子的人多！），双目圆睁，嘶声叫嚷着自己的见解。弈者每走一步妙着，锐声叫好，若一步走坏，懊丧连天，都企图垂帘听政。但往往弈者仰头看看，看见的都是长脖颈上的大喉结，没有不上下活动的，大小红嘴白牙，皆在开合，唾沫就乱雨飞溅，于是笑笑，坚不听从。不听则骂：臭棋！骂臭棋，弈者不应，大将风范，应者则是别的观弈人，双方就各持己见，否定，否定之否定，最后变脸失色，口出秽言，大打出手。西安有一中年人，夜里孩子有病，妇人让去医院开药，路过棋摊，心里说：不看不看，脚却将至，不禁看了一眼，恰棋正走到难处，他就开始指点，但指点不被采纳反被观弈者所讥，双双打了起来，口鼻出血。结果，医院是去了，看病的不是儿子而是他。

在乡下，农人每每在田里劳作累了，赤脚出来，就于埂头对弈，那赫赫红日当顶，头上各覆荷叶，杀一盘，甲赢乙输，乙输了乙不服，甲赢了乙再赢。这棋就杀得一盘未了又复一盘。家中妇人儿女见爹不归，以为还在辛劳，提饭罐前去三声四声喊不动，妇人说："吃！"男人说："能吃个球！有马在守着怎么吃？！"孩子们最怕爹下棋，赢了会搂在怀里用胡楂扎脸，输了则脸面黑封，动辄擂拳头。以致流传一个笑话，说是一孩子在家做作业，解释"孔子曰……而已"，遂去问爹："而已是什么？"爹下棋正输了，一挥手说："你娘的脚！"孩子就在作业本上写了："孔子曰……你娘的脚！"

不论城市乡村，常见有一职业性之人，腰带上吊一棋袋，白发长须，一脸刁钻古怪，在某处显眼地方，摆一残局。摆残局者，必是高手。来应战者，走一步两步若路数不对，设主便道："小子，你走吧，别下不了台！"败走的，自然要在人家的一面白布上留下红指印，设主就抖着满是红指印的白布四处张扬，以显其威。若来者一步两步对着路数，设主则一手牵了对方到一旁，说："师傅教我几手吧！"两人进酒铺坐喝，从此结为挚友。

能与这些设主成挚友的，大致有两种人，一类是小车司机。中国的小车坐的都是官员，官员又不开车，常常开会或会友，一出车门，将车留下，将司机也留下，或许这会开得没完没了，或许会友就在友人家用膳，酒醉半天不醒，这司机就一直在车上等着，也便就有了时间潜心读棋书，看棋局了。一类是退休的干部。在台上时日子万般红火，退休后冷落无比。就从此不饲奸贼猫咪，宠养走狗，喜欢棋道，这棋艺就出奇地长进。

中国号称礼仪之邦，人们做什么事都谦谦相让，你说他好，他偏说"不行"，但偏有两处撕去虚伪，露了真相。一是喝酒，皆口言善饮，李太白的"唯有饮者留其名"没有不记得的，分明醉如烂泥，口里还说："我没有醉……没醉……"倒在酒桌下了还是："没……醉……醉！"另外就是下棋，从来没有听到过谁说自己棋艺不高，言论某某高手，必是："他那臭棋篓子呗！"所以老者对少者输了，会说："我怎么去赢小子？！"男的输了女的，是"男不跟女斗嘛！"找上门的赢了，主人要说："你是客人！"年龄相仿，地位等同的，那又是："好汉不赢头三盘呀！"

象棋属于国粹，但象棋远没围棋早，围棋渐渐成为高层次的人的雅事，象棋却贵贱咸宜，老幼咸宜，这似乎是个谜。围棋是不分名称的，棋子就是棋子，一子就是一人，人可左右占位，围住就行，象棋有帅有车，有相有卒，等级分明，各有限制。而中国的象棋代代不衰，恐怕是中国人太爱政治的缘故儿吧？他们喜欢自己做将做帅，调车调马，贵人者，以再一次施展自己的治国治天下的策略，平民者则作一种精神上的享受，以致词典上有了"眼观全局，胸有韬略"之句。于是也就常有"×× 他能当官，让我去当，比他有强不差！"中国现在人皆浮躁，劣根全在于此。古时有清谈之士，现在也到处有不干实事、夸夸其谈之人，是否是那些古今存在的观弈人呢？所以善弈者有了经验：越是观者多，越不能听观者指点；一人是一套路数，或许一人是雕龙大略，三人则主见不一，互相抵消为雕虫小技了。虽然人们在棋盘上变相过政治之瘾，但中国人毕竟是中国人，他们对实力不如自己的，其势凶猛，不可一世，故常有"我让出你两个马吧！""我用半边兵力杀你吧！"若对方不要施舍，则在胜时偏不一下子致死，故意玩弄，行猫对鼠的伎俩，又或以吃掉对方所有棋子为快，结果棋盘上仅剩下一个帅子，成孤家寡人。而一旦遇着强手，那便"心理压力太大"，缩手缩脚，举棋不定，方寸大乱，失了水准。真怀疑中国足球队的教练和队员都是会走象棋的。

这样，弈坛上就经常出现怪异现象：大凡大小领导，在本单位棋艺均高。他们也往往产生错觉，以为真个"拳打少林，脚踢武当"了。当然便有一些初生牛犊以棋对话，警告顶头上司，他们的战法既不用车，也不架炮，专事小卒。小卒虽在本地受重重限制，但硬是冲过河界，勇敢前进，竟直捣对方城池擒了主帅老儿。

×地便有一单位，春天里开展棋赛，是一英武青年与几位领导下盲棋。一间厅子，青年坐其中，领导分四方，青年皓齿明眸，同时以进卒向四位对手攻击，四位领导皆十分艰难，面色由黑变红变白，搔首抓耳。青年却一会儿去上厕所，一会儿去倒水沏茶，自己端一杯，又给四位领导各端一杯。冷丁对方叫出一字，他就脱口接应走出一步。结果全胜。这青年这一年当选了单位的人大代表。

桌面

ZHUO MIAN

　　我家书桌的面儿，是一块树的囫囵的横截板，什么也没有染，只刷了一层亮亮的清漆，原木本色的。

　　在这张书桌上，我伏案了十年，读了好多文章，又写了好多文章。闲着无事了，就端坐着看起桌面，心里便也感到沉静。因为桌面上是有了一幅画。

　　画就是木的年轮。一个椭圆形，中间是黑黑的一点，然后就一圈白，接着从那白圈的边沿，开始了黑线的缠绕。当然很不规则，线的黑一会儿宽了，一会儿窄了，一会儿又直，一会儿却弯起来；几乎常常就断，又常常派生出新线，但缠绕的局面是一直在形成，最后便囊括了整个桌面，像是一泓泉，一片树叶落下来引起的涟漪，没有鱼，没有风，一个静静的午时的或者子夜的泉。

有书这么说：树木，四季之记载也。日月交替一年，树就长出一圈。生命从一点起源，沿一条线的路回旋运动。无数个圈完成了生命的结束，留下来的便是有用之材。

我很佩服这种解释。于是也就兴趣起这条运动的线了。我细细看着，用着米尺度量着一个圈和一个圈之间的距离。这种工作，所得的结果使我吃惊：这生命的线，当它沿着它的方向进行的时候，它是这么的不可自由！日月的阴晴圆缺，四季的寒暑旱涝，顺利时它进行得是那么豁达奔放，困难时进取又是如此艰辛。它从地下长出来，第一是挣脱本身壳的桎梏，第二是冲破地层的束缚，再就是在空间努力，空间充满着看不见摸不着的空气原来是这么坚实严密，树木的生长，必须靠着自己向外扩张才能有自己的存在的立体啊！

我为它们做着记载：哪一年是风调雨顺，哪一年是旱涝交迫，我算出这是一棵三百年的老树。三百年，这老树在风雨的世界里，默默地在走它的生命之路，逢着美好年景，加紧自己的节奏，遇着恶劣的岁月，小心翼翼的，一边走着，一边蓄积着力量，这是多么可怜的生命，又是多么不屈不挠可亲可敬的生命！我离开了桌子，燃上了一支烟，看见室外的一切。室外是刚刚雨后天晴，天上是一片云彩，地上是一层积水；风在刮着，奇异的现象就发生了：那云彩竟也是一圈一圈的痕纹，那积水也是一圈一圈的涟漪，莫非这天这地也是一统的整体，它们将两个截面上下显示着，表明自己的历史和内容吗？

　　我真有些惶恐：万事万物在天地宇宙间或许是有着各自的生命线路，这天地宇宙也或许同样有着自己的生命线路；那我呢，我想象不出用刀将我断开，那躯体的截面上一定也是有这种路线了吧？重新走近桌面，对着那木的年轮，开始顺着一条边圈往里追溯。这似乎是一场高级数学，常常陷入莫测，犹如一个儿童在做进迷宫的游戏，整整一个下午，才好容易回到了那桌中的，也是那圈中之圈的那个黑点。啊，那是树的童年。哪是我的童年？树是从那一点出发，走完了三百年的路程，我也是三十年了，三十年来，这路线也是这么一圈圈走过来的吗？

　　我想起了我的每一年。

　　这简直是一个惊人的发现！

　　从那以后，每每当我被胜利得意的时候，一面对着这桌面，我就冷静了；每每当我挫败愁闷的时候，一面对着这桌面，我就激动了。我自我感觉，我是一天天豁达、成熟、坚强起来，我热爱起我的生命了，热爱起我的工作了，以全部心血、全部精力而完成着一个我。

　　我在感激着这个桌面，我想我永远不会离开它的。

1983 年 9 月

月迹

YUE JI

我们这些孩子，什么都觉得新鲜，常常又什么都不觉满足；中秋的夜里，我们在院子里盼着月亮，好久却不见出来，便坐回中堂里，放了竹窗帘儿闷着，缠奶奶说故事。奶奶是会说故事的；说了一个，还要再说一个……奶奶突然说：

"月亮进来了！"

我们看时，那竹窗帘儿里，果然有了月亮，款款地，悄没声儿地溜进来，出现在窗前的穿衣镜上了：原来月亮是长了腿，爬着那竹帘格儿，先是一个白道儿，再是半圆，渐渐那爬得高了，穿衣镜上的圆便满盈了。我们都高兴起来，又都屏气儿不出，生怕那是个尘影儿变的，会一口气吹跑了呢。月亮还在竹帘儿上爬，那满圆却慢慢儿又亏了，缺了；末了，便全没了踪迹，只留下一个空镜，一个失望。奶奶说："它走了，它是多多的；你们快出去寻月吧。"

我们就都跑出门去，它果然就在院子里，但再也不是那么一个满满的圆了，尽院子的白光，是玉玉的，银银的，灯光也没有这般儿亮的。院子的中央处，是那棵粗粗的桂树，疏疏的枝，疏疏的叶，桂花还没有开，却有了累累的骨朵儿了。我们都走近去，不知道那个满圆儿去哪儿了，却疑心这骨朵儿是繁星儿变的；抬头看着天空，星儿似乎就比平日少了许多。月亮正在头顶，明显大多了，也圆多了，清清晰晰看见里边有了什么东西。

"奶奶，那月上是什么呢？"我问。

"是树，孩子。"奶奶说。

"什么树呢？"

"桂树。"

我们都面面相觑了，倏忽间，哪儿好像有了一种气息，就在我们身后袅袅，到了头发梢儿上，添了一种淡淡的痒痒的感觉；似乎我们已在了月里，那月桂分明就是我们身后的这一棵了。

奶奶瞧着我们，就笑了：

"傻孩子，那里边已经有人了呢。"

"谁？"我们都吃惊了。

"嫦娥。"奶奶说。

"嫦娥是谁？"

"一个女子。"

哦，一个女子。我想。月亮里，地该是银铺的，墙该是玉砌的：那么好个地方，配住的一定是十分漂亮的女子了。

"有三妹漂亮吗？"

"和三妹一样漂亮的。"

三妹就乐了：

"啊啊，月亮是属于我的了！"

三妹是我们中最漂亮的，我们都羡慕起来；看着她的狂样儿，心里却有了一股儿的嫉妒。我们便争执了起来，每个人都说月亮是属于自己的。奶奶从屋里端了一壶甜酒出来，给我们每人倒了一小杯儿，说：

"孩子们，你们瞧瞧你们的酒杯，你们都有一个月亮哩！"

我们都看着那杯酒，果真里边就浮起一个小小的月亮的满圆。捧着，一动不动的，手刚一动，它便酥酥地颤，使人可怜儿的样子。大家都喝下肚去，月亮就在每一个人的心里了。

奶奶说：

"月亮是每个人的，它并没有走，你们再去找吧。"

我们越发觉得奇了，便在院里找起来。妙极了，它真没有走去，我们很快就在葡萄叶儿上，磁花盆儿上，爷爷的锨刃儿上发现了。我们来了兴趣，竟寻出了院门。

院门外，便是一条小河。河水细细的，却漫着一大片的净沙；全没白日那么的粗糙，灿灿地闪着银光，柔柔和和得像水面了。我们从沙滩上跑过去，弟弟刚站到河的上湾，就大呼小叫了：

"月亮在这儿！"

妹妹几乎同时在下湾喊道：

"月亮在这儿！"

我两处去看了，两处的水里都有月亮，沿着河沿跑，而且哪一处的水里都有月亮了。我们都看起天了，我突然又在弟弟妹妹的眼睛里看见了小小的月亮。我想，我的眼睛里也一定是会有的。噢，月亮竟是这么多的：只要你愿意，它就有了哩。

我们就坐在沙滩上，掬着沙儿，瞧那光辉，我说：

"你们说，月亮是个什么呢？"

"月亮是我所要的。"弟弟说。

"月亮是个好。"妹妹说。

我同意他们的话。正像奶奶说的那样，它是属于我们的，每个人的。我们就又仰起头来看那天上的月亮，月亮白光光的，在天空上。我突然觉得，我们有了月亮，那无边无际的天空也是我们的了：那月亮不是我们按在天空上的印章吗？

大家都觉得满足了，身子也来了困意，就坐在沙滩上，相依相偎地甜甜地睡了一会儿。

丑 石

CHOU SHI

我常常遗憾我家门前的那块丑石呢：它黑黝黝地卧在那里，牛似的模样；谁也不知道是什么时候留在这里的，谁也不去理会它。只是麦收时节，门前摊了麦子，奶奶总是要说：这块丑石，多碍地面哟，多时把它搬走吧。

于是，伯父家盖房，想以它垒山墙，但苦于它极不规则，没棱角儿，也没平面儿；用錾破开吧，又懒得花那么大气力，因为河滩并不甚远，随便去掮一块回来，哪一块也比它强。房盖起来，压铺台阶，伯父也没有看上它。有一年，来了一个石匠，为我家洗一台石磨，奶奶又说：用这块丑石吧，省得从远处搬动。石匠看了看，摇着头，嫌它石质太细，也不采用。

它不像汉白玉那样的细腻，可以凿下刻字雕花；也不像大青石那样的光滑，可以供来浣纱捶布。它静静地卧在那里，院边的槐荫没有庇覆它，花儿也不再在它身边生长。荒草便繁衍出来，枝蔓上下，慢慢地，竟锈上了绿苔、黑斑。我们这些做孩子的，也讨厌起它来，曾合伙要搬它走，但力气又不足；虽时时咒骂它、嫌弃它，也无可奈何，只好任它留在那里去了。

　　稍稍能安慰我们的，是在那石上有一个不大不小的坑凹，雨天就盛满了水。常常雨过三天了，地上已经干燥，那石凹里水儿还有，鸡便去那里喝饮。每每到了十五的夜晚，我们盼那满月出来，就爬到其上，翘望天边；奶奶总是要骂的，害怕我们摔下来。果然那一次就摔了下来，磕破了我的膝盖呢。

　　人都骂它是丑石，它真是丑得不能再丑的丑石了。

　　终有一日，村子里来了一个天文学家。他在我家门前路过，突然发现了这块石头，眼光立即就拉直了。他再没有走去，就住了下来；以后又来了好些人，说这是一块陨石，从天上落下来已有二三百年了，是一件了不起的东西。不久便来了车，小心翼翼地将它运走了。

　　这使我们都很惊奇！这又怪又丑的石头，原来是天上的呢！它补过天，在天上发过热、闪过光，我们的先祖或许仰望过它，它给了他们光明、向往、憧憬；而它落下来了，在污土里、荒草里，一躺就是几百年了？！

　　奶奶说："真看不出！它那么不一般，却怎么连墙也垒不成，台阶也垒不成呢？"

"它是太丑了。"天文学家说。

"真的，是太丑了。"

"可这正是它的美！"天文学家说，"它是以丑为美的。"

"以丑为美？"

"是的，丑到极处，便是美到极处。正因为它不是一般的顽石，当然不能去做墙、做台阶，不能去雕刻、捶布。它不是做这些小玩意儿的，所以常常就遭到一般世俗的讥讽。"

奶奶脸红了，我也脸红了。

我感到自己的可耻，也感到了丑石的伟大；我甚至怨恨它这么多年竟会默默地忍受着这一切？而我又立即深沉地感到它那种不屈于误解、寂寞的生存的伟大。

1980 年

"卧虎"说

"WO HU" SHUO

——文外谈文之二

我说的"卧虎"，其实是一块石头，被雕琢了，守在霍去病的墓侧。自汉而今，鸿雁南北徙迁，日月东西过往，它竟完好无缺，倒是天光地气，使它生出一层苔衣，驳驳点点的，如丽皮斑纹一般。黄昏里，万籁俱静了，走近墓地，拨荒草悠悠然进去，蓦地见了：风吹草低，夕阳腐蚀，分明那虎正骚动不安地冲动，在未跃欲跃的瞬间，立即要使人十二分的害怕了！怯生生绕着看了半天，却如何不敢相信寓于这种强劲的动力感，竟不过是一个流动的线条和扭曲的团块结合的石头的虎，一个卧着的石虎，一个默默的稳定而厚重的卧虎的石头！

前年冬日，我看到这只卧虎时，喜爱极了。视有生以来所见的唯一艺术妙品，久久揣赏，感叹不已。想生我育我的商州地面，山川水土，拙厚，古朴，旷远，其味与卧虎同也。我知道，一个人的文风和性格统一了，才能写得得心应手；一个地方的文风和风尚统一了，才能写得入情入味；从而悟出要作我文，万不可类那种声色俱厉之道，亦不可沦那种轻靡浮艳之华。"卧虎"，重精神，重情感，重整体，重气韵，具体而单一，抽象而丰富，正是我求之而苦不能的啊！

我在那墓场待了三日，依依不肯离去。我总是想：一个混混沌沌的石头，是出自哪个荒寂的山沟呢？被雕刻家那么随便一凿，就活生生成了一只虎了？！而固定的独独一块石头，要凿成虎，又受了多大的限制？可正是有了这种限制，艺术才得到了最充分的自由吗？！貌似缺乏艺术，而真正的艺术则来得这么地单纯、朴素、自然、真切！

静观卧虎，便进入一种千钧一发的境界，卧虎是力的象征。我们的民族，是有辉煌的历史，但也有过一片黑暗和一片光明的年代，而一片光明和一片黑暗一样都是看不清任何东西的。现在，正需要五味子一类的草药，扶阳补气，填精益髓。文学应该是与世界相通的吧。我们的文学也一样是需要五味子了，如此而已。

但是，这竟不是一个仰天长啸的虎，竟不是一个扑、剪、掀、翻的虎，偏偏要使它欲动，却终未动地卧着？卧着，内向而不呆滞，寂静而有力量，平波水面，狂澜深藏，它卧了个恰好，是东方的味，是我们民族的味。

以中国传统的美的表现方法，真实地表达现代中国人的生活和情绪，这是我创作追求的东西。但是，实践却是那么艰难，每走一步，犹如乡下人挑了鸡蛋筐子进闹市，前虑后顾，唯恐有了不慎，以至怀疑到了自己的脚步和力量。终有幸见到了"卧虎"，我明白了，且明白往后的创作生涯，将更进入一种孤独境地。喜从此有了"源于高度的自信"，进一步"精于其道的自觉"（这是袁运甫的画语），我想，艺术于我是亲近的。

我的"卧虎"啊……

1982 年 4 月

动物安详

DONG WU
AN XIANG

　　我喜欢收藏，尤其那些奇石、怪木、陶罐和画框之类，但经发现，想方设法都要弄来。几年间，房子里已经塞满，卧室和书房尽是陶罐画框乐器刀具等易撞易碎之物，而客厅里就都成了大块的石头和大块的木头，巧的是这些大石大木全然动物造型，再加上从新疆弄来的各种兽头角骨，结果成了动物世界。这些动物，来自全国各地，有的曾经是有过生命，有的从来就是石头和木头，它们能集中到一起陪我，我觉得实在是一种缘分，每日奔波忙碌之后，回到家中，看看这个，瞧瞧那个，龙虎狮豹，牛羊猪狗，鱼虫鹰狐，就给了我力量，给了我欢愉，劳累和烦恼随之消失。

　　但因这些动物木石不同，大小各异，且有的眉目慈善，有的嘴脸狰狞，如何安置它们的位置，却颇费了我一番心思。兽头角骨中，盘羊头是最大的，我先挂在面积最大的西墙上，但牦牛头在北墙挂了后，牦牛头虽略小，其势扩张，威风竟大于盘羊头，两者就调了个。龙是不能卧地的，就悬于内门顶上。龟有两只，一只蹲墙角，一只伏沙发扶手上。

柏木根的巨虎最占地方，侧立于西北角。海百合化石靠在门后，一米长的角虫石直立茶机前。木羊石狗在沙发后，两个石狮守在门口。这么安排了，又觉得不妥，似乎虎应在东墙下，石鱼又应在北边沙发靠背顶上，龙不该盘于门内顶而该在厅中最显眼部位，羊与狗又得分开，那只木狐则要卧于沙发前，卧马如果在厨房门口，仰起的头正好与对面墙上的真马头相呼应。这么过几天调整一次，还是看着不舒服，而且来客，又各是各的说法，倒弄得我不知如何是好。

一夜做梦，在门口的两个狮子竟吵起来，一个说先来后到我该站在前边，一个说凭你的出身还有资格说这话？两个就咬起来，四只红眼，两嘴茸毛。梦醒我就去客厅，两个狮子依然在门口处卧着，冰冰冷冷的两块石头。

心想，这就怪了，莫非石头凿了狮子真就有狮子的灵魂？前边的那只是我前年在南山一个村庄买来的，当时它就在猪圈里，当时发现了，那家农民说，一块石头，你要喜欢了你就搬去吧。待我从猪圈里好不容易搬上了汽车，那农民见我兴奋劲，就反悔了，一定要付款，结果几经讨价还价，付了他二十五元。这狮子不大威风，但模样极俊，立脚高望，仰面朝天，是个高傲的角色，像个君子。另一只是一个朋友送的，当时他有一个拴马桩和这只狮子，让我选一个，我就带回了这狮子，我喜欢的是它的蛮劲，模样并不好看，如李逵、程咬金一样，是被打破了头仍扑着去进攻的那种。

我拍了拍它们，说：吵什么呀，都是看门的有什么吵的？！但我还是把它们分开了，差别悬殊的是互不计较的，争斗的只是两相差不多的同伙，于是一个守了大门，一个守了卧室门。第二日，我重新调整了这些动物的位置，龙、虎、牛。

马当然还是各占四面墙上墙下，这些位置似乎就是它们的，而西墙下放了羊、鹿、石鱼和角虫石，东墙下是水晶猫、水晶狗、龟和狐，南墙下安放了石麒麟，北墙的沙发靠背顶上一溜儿是海百合化石，三叶虫化石，象牙化石，鸵鸟，马头石，猴头石。安置毕了，将一尊巨大的木雕佛祖奉在厅中的一个石桌上，给佛上了一炷香，想佛法无边，它可以管住人性也可以管住兽性的。又想，人为灵，兽为半灵，既有灵气，必有鬼气，遂画了一个钟馗挂在门后。还觉得不够，书写了古书中的一段话贴在沙发后的空墙上，这段话是：碗大一片赤县神州，众生塞满，原是假合，若复件件认真，竞争何已。

至今，再未做过它们争吵之梦，平日没事在家，看看这个瞧瞧那个，都觉顺眼，也甚和谐，这恐怕是佛的作用，也恐怕是钟馗和那段古句的作用吧。

读山

DU SHAN

在城里待得一久，身子疲倦，心也疲倦了。回一次老家，什么也不去做，什么也不去想，懒懒散散地乐得清静几天。家里人都忙着他们的营生，我便往河上钓几尾鱼了，往田畦里拔几棵菜了，然后空着无事，就坐在窗前看起山来。

山于我是有缘的。但我十分遗憾，从小长在山里，竟为什么没对山有过多少留意？如今半辈子行将而去了，才突然觉得山是这般活泼泼的新鲜。每天都看着，每天都会看出点内容；久而久之，好像面对着一本大书，读得十分地有滋有味了。

其实这山来得平常，出门百步，便可蹚着那道崖缝夹出的细水，直嗓子喊出一声，又可以叩得石壁上一片嗡嗡回音。太黑乱，太粗笨了，混混沌沌的；无非是崛起的一堆石头：石上有土，土

上长树。树一岁一枯荣，它却不显出再高，也不觉得缩小；早晚
一推窗子，黑兀兀地就在面前，午后四点，它便将日光逼走，阴
影铺了整个村子。但我却不觉得压抑，我说它是憨小子，憨得可恼，
更憨得可爱。这么再看看，果然就看出了动人处：那阳面，阴面，
一沟，一梁，缓缓陡陡，起起伏伏，似乎是一条偌大的虫，蠕蠕
地从远方运动而来了，蓦然就在那里停下，骤然一个节奏的凝固。
这个发现，使我大惊，才明白：混混沌沌，原来是在表现着大
智——强劲的骚动正寓以屑屑的静寂里啊！

　　于是，我常常捉摸这种内在的力，寻找着其中贯通流动的气
势。但我失望了，终未看出什么规律。一个山峁，一个山峁，见
得十分平凡，但怎么就足以动目，抑且历久？一个崖头，一个崖头，
连连绵绵地起伏，却分明有种精神在团聚着？我这么想了：一切
东西都有规律，山则没有；无为而为，难道无规律正是规律吗？！

　　最是那方方圆圆的石头生得一任儿自在，满山遍坡的，或者
立着，或者倚着，仄，斜，蹲，卧，各有各的形象，纯以天行，
极拙极拙了。拙到极处，却便又雅到了极处。我总是在黎明，在
黄昏，在日下，在雨中，以我的情绪去静观，它们就有了别样的
形象，愈看愈像，如此却好。如在屋中听院里拉大锯，那音响假
设"嘶，嘶，嘶"，便是"嘶"声，假设"沙，沙，沙"，便是"沙"
声。真是不可思议。

　　有趣的是山上的路那么乱！而且没有一条直着，能从山下走
到山顶，能从山顶走到山底，常常就莫名其妙地岔开，或者干脆

断去了。山上啃草的羊羔总是迷了方向，在石里，树里，时隐时现。我终未解，那短短的弯路，看得见它的两头，为什么总感觉不到尽头呢？如果将那弯线拉直，或许长了，那一定却是感觉短了呢，因为城里的大街，就给人这种效果。

我早早晚晚是要看一阵山上的云雾的：陡然间，那雾就起身了，一团一团，先是那么翻滚，似乎是在滚着雪球。滚着滚着，满世界都白茫茫一片了，偶尔就露出山顶，林木蒙蒙地细腻了，温柔了，脉脉地有着情味。接着山根也出来了。但山腰，还是白的，白得空空的。正感叹着，一眨眼，云雾却倏忽散去，从此不知消失在哪里了。

如果是早晨，起来看天的四脚高悬，便等着看太阳出来，山顶就腐蚀了一层红色，折身过山梁，光就有了棱角，谷沟里的石石木木，全然淡化去了，隐隐透出轮廓，倏忽又不复存在，如梦幻一般。完全的光明和完全的黑暗竟是一样看不清任何东西，使我久久陷入迷惘，至今大惑不解。

看得清的，要算是下雨天了。自然那雨来得不要太猛，雨扯细线，就如从丝帘里看过去，山就显得妖妖媚媚。渐渐黑黝起来，黑是泼墨地黑，白却白得光亮，那石的阳处，云的空处，天的阔处，树头的虚灵处……一时觉得山是个莹透物了，似乎可以看穿山的那边，有蓄着水的花冠在摇曳，有一只兔子水淋淋地喘着气……很快雨要停了，天朗朗一开，山就像一个点着的灯笼，凸凸凹凹，深深浅浅，就看得清楚：远处是铁青的，中间是黑灰的，近处是碧绿的，看得见的那石头上，一身的苔衣，茸茸地发软发腻，小草在铮棱棱挺着，每一片叶子，像长着一颗眼珠，亮亮地闪光。这时候，漫天的鸟如撕碎纸片的自由。一朵淡淡的云飘在山尖上空了，数它安详。

我总恨没有一架飞机，能使我从高空看下去山是什么样子，曾站在房檐看院中的一个土堆，上面甲虫在爬，很觉有趣，但想从天上看下面的山，一定更有好多妙事了。但我却确实在满月的夜里，趴在地上，仰脸儿上瞧过几次山。那是月亮还没有出来，天是一个昏昏的空白，山便觉得富富态态；候月光上来了，但却十分地小，山便又觉得瘦骨嶙峋了。

到底我不能囫囵囵道出个山来，只觉得它是个谜，几分说得出，几分意会了则不可说，几分压根儿就说不出。天地自然之中，一定是有无穷的神秘，山的存在，就是给人类的一个窥视吗？我扒在窗口，虽然看不出个彻底，但却入味，往往就不知不觉从家里出来，走到山中去了。我走月也在走，我停月也在停。我坐在一堆乱石之中，聚神凝想，夜露就潮起来了，山风森森，竟几次不知了这山中的石头就是我呢，还是我就是这山中的一块石头？

1982 年 4 月

好读书

HAO DU
SHU

　　好读书就得受穷。心用在书上，便不投机将广东的服装贩到本市来赚个大价，也不取巧在市东买下肉鸡针注了盐水卖到市西；车架后不会带单位几根铁条几块木板回来做个沙发，饭盒里也不捎工地上的水泥来家修个浴池。钱就是那几张没奖金的工资，还得抠着买涨了价的新书，那就只好穿不悦人目的衣衫，吸让人发呛的劣烟，吃大路菜，骑没铃的车。但小屋里有四架五架书，色彩之斑斓远胜过所有电器，读书读得了一点新知，几日不吃肉满口中仍有余香。手上何必戴那么重的金银，金银是矿，手铐也是矿嘛！老婆的脸上何必让涂那么厚的脂粉，狐狸正是太爱惜它的皮毛，世间才有了打猎的职业！都说当今贼多，贼却不偷书，贼便是好贼。他若要来，钥匙在门框上放着，要喝水喝水，要看书看书，抽屉的作家证中是夹有两张国库券。但贼不拿，说不定能送一条字条："你比我还穷！"三百年后这字条还真成了高价文物。其实，说穷也不是穷到要饭，出门还是要带十元钱的，大丈夫嘛，视钱如粪土，它就只能装在鞋壳里头。

好读书就别当官。心谋着书，上厕所都尿不净，裤裆老是湿的，哪里还有时间串上级领导的家去联络感情？也没有钱，拿什么去走通关关卡卡？即使当官，有没有整日开会的坐功？签发的文件上能像在新书上写读后感一样随便？或许知道在顶头上司面前要如谦谦后生，但懒散惯了，能在拜会时屁股只搭个沙发沿儿？也懂得猪没架子都不长，却怎么戏要成性突然就严肃了脸面？谁个要整，要防谁整，能做到喜怒不露于色？何事得方，何事得圆，能控制感情用事？读书人不反对官，但读书人当不了好官，让猫拉车，车就会拉到床下。那么，住楼就住顶层吧，居高却能望远，看戏就坐后排吧，坐后排看不清戏却看得清看戏的人。不要指望有人来送东西，也不烦有人寻麻烦，出门没人见面笑，也免了有朝一日墙倒众人推。

好读书必然没个好身体。一是没钱买蜂王浆，用脑过度头发稀落，吃咸菜牙齿好肠胃虚寒；二是没权住大房间，和孩子争一张书桌，心绪浮躁易患肝炎；三是没时间，白日上班，晚上熬夜，免不了神经衰弱。但读书人上厕所时间长，那不是干肠，是在蹲坑读书；读书人最能忍受老婆的咕囔，也不是脾性好，是读书入了迷两耳如塞。吃饭读书，筷子常会把烟灰缸的烟头送到口里，但不易得脚气病，因为读书时最习惯抠脚丫子。可怜都是蜘蛛般的体形，都是金鱼似的肿眼，没个倾国倾城貌，只有多愁多病身。读书人的病有治其病的药，药不在《本草》而直接是书，一是得本性酷好之书，二是得急需之书，三是得未见之书。但这药医生常不用，有了病就让住院，住院也好，总算有了囫囵时间读书了。所以，约伙打架，不必寻读书人，那鸡爪似的手没四两力；要欺负也不必对读书人，老虎吃鸡不是山中王。读书人性缓，要急急不了他，心又大，要气气不着，要让读书人死，其实很简单，给他些樟脑丸，因为他们是书虫。

说了许多好读书的坏处，当然坏处还多，譬如好读书不是好丈夫，好读书没有好人缘，好读书性情古怪。但是，能好读书必有读书的好，譬如能识天地之大，能晓人生之难，有自知之明，有预料之先，不为苦而悲，不受宠而欢，寂寞时不寂寞，孤单时不孤单，所以绝权欲，弃浮华，潇洒达观，于嚣烦尘世而自尊自重自强自立不卑不畏不俗不谄。说到这儿，有人在骂：瞧，这就是读书人的酸劲了，为什么不说"万般皆下品，唯有读书高"呢？真是阿Q精神喽！这骂得好，能骂出个阿Q来，便证明你在读书了，不读书怎么会知道鲁迅先生曾写过个阿Q呢？！因此还是好读书者好。

读书示小妹生日书

DU SHU SHI
XIAO MEI SHENG
RI SHU

　　七月十七日，是您十八生日，辞旧迎新，咱们家又有一个大人了。贾家在乡里是大户，父辈那代兄弟四人，传到咱们这代，兄弟十个，姊妹七个；我是男儿老八，你是女儿最小。分家后，众兄众姐都英英武武有用于社会，只是可怜了咱俩。我那时体单力屠，面又丑陋，十三岁看去老气犹如二十，村人笑为痴傻，你又三岁不能言语，哇哇只会啼哭，父母年纪尚老，恨无人接力，常怨咱这一门人丁不达。从那时起，我就羞于在人前走动，背着你在角落玩耍；有话无人可说，言于你你又不能回答，就喜欢起书来。书中的人对我最好，每每读到欢心处，我就在地上翻着跟头，你就乐得直叫，读到伤心处，我便哭了，你见我哭了，也便趴在我身上哭。但是，更多的是在沙地上，我筑好一个沙城让你玩，自个躺在一边读书，结果总是让你尿湿在裤子上，你又是哭，我不知如何哄你，就给你念书听，你竟不哭了，我感激得抱住你，说："我小妹也是爱书人啊！"

东村的二旦家，其父是老先生，家有好多藏书，我背着你去借，人家不肯，说要帮着推磨子。我便将你放在磨盘顶上，教你拨着磨眼，我就抱着磨棍推起磨盘转，一个上午，给人家磨了三升包谷，借了三本书，我乐得去亲你，把你的脸蛋都咬出了一个红牙印儿。你还记得那本《红楼梦》吗？那是你到了四岁，刚刚学会说话，咱们到县城姨家去，我发现柜里有一本书，就蹲在那里看起来，虽然并不全懂，但觉得很有味道。天快黑了，书只看了五分之一，要回去，我就偷偷将书藏在怀里。三天后，姨家人来找，说我是贼，我不服，两厢骂起来，被娘打过一个耳光，我哭了，你也哭了，娘也抱住咱们哭，你那时说："哥哥，我长大了，一定给你买书！"小妹，你那一句话，给了兄多大安慰，如今我一坐在书房，看着满架书籍，我就记想那时的可怜了。

咱们不是书香门第，家里一直不曾富绰，即使现在，父母和你还在乡下，地分了，粮是不短缺了，钱却有出没入，兄虽每月寄点，也只能顾住油盐酱醋，比不得会做生意的人家。

但是，穷不是咱们的错，书却会使咱们位低而人品不微，贫困而志向不贱。这个社会，天下在振兴，民族在发奋，咱们不企图做官，以仕图之路做功于国家，但作为凡人百姓，咱们却只有读书习文才能有益于社会啊。你也立志写作，兄很高兴，你就要把书看重，什么都不要眼红，眼红读书，什么朋友都可抛弃，但书之友不能一日不交。贫困倒是当作家的准备条件，书是嫉富，人富则思惰，你目下处境正好逼你静心地读书，深知书中的精义。这道理人往往以为不信，走过来了方才醒悟，小妹可将我的话记住，免得以后悔之不及。

兄在外已经十年，自不敢忘了读书，所作一、两篇文章，尽属肤浅习作，愈是读书不已。过了二月二十一日，已到了而立之年，才更知立身难，立德难，立文难。夜读《西游记》，悟出"取经唯诚，伏怪以力"，不觉多怀感激，临风而叹息。兄在你这般年纪，读书目过能记，每每是借来之书，读得也十分注重，而今桌上，几上，案上，床上，满是书籍，却常常读过十不能记下四五，这全是年龄所致也，我至今只有以抄写辅助强记，但你一定要珍惜现在年纪，多多读书啊。

既有条件，读书万万不能狭窄。文学书要读，政治书要读，哲学，历史，美学，天文，地理，医药，建筑，美术，乐理……凡能找到的书，都要读读，若读书面窄，借鉴就不多，思路就不广，触一而不能通三。但是，切切又不要忘了精读，真正的本事掌握，全在于精读。世上好书，浩如烟海，一生不可能读完，且又有的书虽好，但不能全为之喜爱，如我一生不喜食肉，但肉确实是世上好东西。你若喜欢上一本书了，不妨多读：第一遍可囫囵吞枣读，这叫享受；第二遍就静心坐下来读，这叫吟味；第三遍便要一句一句想着读，这叫深究。三遍读过，放上几天，再去读读，常又会有再新再悟的地方。你真真正正爱上这本书了，就在一个时期多找些这位作家的书来读，读他的长篇，读他的中篇，读他的短篇，或者散文，或者诗歌，或者理论，再读外人对他的评论，所写的传记，也可再读读和他同期作家的一些作品。这样，你知道他的文了，更知道他的人了，明白当时是什么社会，如何的文坛，他的经历，性格，人品，爱好等等是怎样促使他的风格的形成？大凡世上，一个作家都有自己一套写法，都是有迹而可觅寻，当然有的天分太高了，便不是一时一阵便可理得清的。兄读中国的庄子，太白，东坡诗文，读外国的泰戈尔，川端康成，海明威之文，便至今于起灭转接之间不可测识。说来，还是兄读书太少，悟觉浅薄啊！如此这番读过，你就不要理他了，将他丢开，重新进攻另一个大家。文学是在突破中前进，你要时时注意，前人走到了什么地方，同辈人走到了什么地方？任何一个大家，你只能继承，不能重复，你要在读他的作品时，就将他拉到你的脚下来读。这不是狂妄，这正是知其长，晓其短，师精神而弃皮毛啊。虚无主义可笑，但全然跪倒来读，他可以使你得益，也可能使你受损，永远在他的屁股后了。这你要好好记住。

在家时，逢小妹生日，兄总为你梳那一双细辫，亲手要为你剥娘煮熟的鸡蛋。一走十年，竟总是忘了你生日的具体时间，这你是该骂我的了。今年一入夏，我便时时提醒自己，要到时一定祝贺你成人。邻居妇人要我送你一笔大钱，说我写书，稿费易如就地俯拾，我反驳，又说我"肥猪也哼哼"，咳，邻人只知是钱！人活着不能没钱，但只要有一碗吃，钱又算个什么呢？如今稿费低贱，家岂是以稿费发得？！读书要读精品，写书要立之于身，功于天下，哪里是邻居妇人之见啊！这么多年，兄并不敢奢侈，只是简朴，唯恐忘了往昔困顿，也是不忘了往昔，方将所得数钱尽买了书籍。所以，小妹生日，兄什么也不送，仅买一套名著十册给你寄来，乞妹快活。

1983 年 7 月

五十大话
WU SHI
DA HUA

过了旧历二月二十一日，我今年是五十岁。到了五十，人便是大人，寿便是大寿，可以当众说些大话了。

差不多半个多月的光景吧，我开始睡得不踏实，一到半夜四点就醒来，骨碌碌睁着眼睛睡不着，又突然地爱起了钱，我知道我是在老了。明显地腿沉，看东西离不开眼镜，每一个槽牙都补过窟窿，头发也秃掉一半。老了的身子如同陈年旧屋，椽头腐朽，四处漏雨。人在身体好的时候，身体和灵魂是统一的也可以说灵魂是安详的，从不理会身体的各个部位，等到灵魂清楚身体的各个部位，这些部位肯定是出了毛病，灵魂就与身体分裂，出现烦躁，时不时准备着离开了。我常常在爬楼时觉得，身子还在第八个梯台，灵魂已站在第十个梯台，甚至身子是坐在椅子上，能眼瞧着灵魂在房间里走来走去。曾经约过一些朋友去吃饭，席间有个漂亮的女人让我赏心悦目，可她一走近我，便"贾老贾老"地叫，气得我说：你要拒绝我是可以的，但你不能这样叫呀！我真是害怕身子太糟糕了，灵魂一离开就不再回来。往后再不敢熬夜了，即便是最好的朋友邀打麻将，说好放牌让我赢，也不去了。吃饭要讲究，胃虽然是有感情的，也不能只记着小时在乡下吃过的糊汤和捞面，要喝牛奶，让老婆煲乌鸡人参汤，再是吃海鲜和水果。听隔壁老田的话，早晨去跑步，倒退着跑步，还有，蹲厕所时不吸烟，闭上嘴不吭声，勤搓裆部，往热里搓，没事就拿舌头抵着牙根汪口水，汪有口水了，便咽下去。级别工资还能不能高不在意了，小心着不能让血压血脂高，业绩突出不突出已无所谓了，注意椎间盘的突出。当学生能考上大学便是父母的孝顺孩子，现在自己把自己健康了，子女才会亲近。

二十岁时我从乡下来到了西安城里，一晃数十年就过去了，虽然总是还觉得从大学毕业是不久前的事情，事实是我的孩子也即将从大学毕业。人的一生到底能做些什么事情呢？当五十岁的时候，不，在四十岁之后，你会明白人的一生其实干不了几样事情，而且所干的事情都是在寻找自己的位置。造物主按照这世上的需要造物，物是不知道的，都以为自己是英雄，但是你是勺，无论怎样地盛水，勺是盛不过桶的。性格为生命密码排列了定数，所以性格的发展就是整个命运的轨迹。不晓得这一点，必然沦成弱者，弱者是使强用狠，是残忍的，同样也是徒劳的。我终于晓得了，我就是强者，强者是温柔的，于是我很幸福地过我的日子。不再去提着烟酒到当官的门上蹭磨，或者抱上自己的书和字画求当官的斧正，当然，也不再动不动坐在家里骂官，官让干什么偏不干。诌固可耻，傲亦非分，最好的还是萧然自远。别人说我好话，我感谢人家，必要自问我是不是有他说的那样？遇人轻我，肯定是我无可重处。不再会为文坛上的是是非非烦恼了，做车子的人盼别人富贵，做刀子的人盼别人伤害，这是技术本身的要求。若有诽谤和诋毁，全然是自己未成正果，一只兔子在前边跑，后边肯定有百人追逐，不是一只兔子可以分成百只，是因为这只兔子的名分不确定啊。在屋前种一片竹子不一定就清高，突然门前客人稀少，也不是远俗了，还是平平常常着好，春到了看花开，秋来了就扫叶。

大家都知道，我的病多，总是莫名其妙地这不舒服那不舒服。但病使我躲过了许多尴尬，比如有人问，你应该担任某某职务呀，或者说你怎么没有得奖呀和没有情人呀，我都回答我有病！更重要的，病是生与死之间的一种微调，它让我懂得了生死的意义，像不停地上着哲学课。除了病多，再就是骂我的人多。我老不明白：我招谁惹谁了，为什么骂我？后来看到古人的一副对联，便会心而笑了。左联这么写：著书竟二十万言，才未尽也；得谤遍九州四海，名亦随之。我何不这样呢？声名既大，谤亦随焉，骂者越多，名更大哉。世上哪里仅是单纯的好事或是坏事呢？我写文章，现在才知道文章该怎么写了，活人也能活得出个滋味了，所以我

提醒自己：要会欣赏。鸟儿在树上叫着，鸟儿在说什么话呢？鸟
的语言我是不懂的，我只觉得它叫得好听就是了，做一个倾听者。
还有：多做好事，把做的好事当作治病的良方；不再恨人，对待
仇人应视为他是来督促自己成功者，对待朋友亦不能要求他像家
人一样。钱当然还是要爱的，如古人说的那样，巨大的胸襟，爱
小零钱么。以文字立身用字画养性，收藏古董让古董收藏我，热
爱女人为女人尊重，不浪费时间不糟蹋粮食。到底还是一句老话：
平生一片心，不因人热，文章千古事，聊以自娱。

老人和鸟儿

LAO REN HE
NIAO ER

这个山城，在两年前的一场洪水里被淹了，三天后水一退，一条南大街便再没有存在。这使山城的老年人好不伤心，以为是什么灭绝的先兆，有的就从此害了要命的恐慌病儿。

但是，南大街很快又重建起来，已经撑起了高高的两排大楼，而且继续在延长街道，远远的地方吊塔就衬在云空；隐隐约约的马达声一仄耳就听见了。

新楼前都栽了白杨，一到春天就猛地往上抽枝。夜里，愈显得分明，白亮亮的，像冲天射出的光柱。鸟儿都飞来了，在树上跳来跳去地鸣叫，最高的那棵白杨梢上，就有了一个窠。从此，一只鸟儿欢乐了一棵树，一棵树又精神了整个大楼。

老人是躺在树梢上的那个窗口内的床上。长年那么躺着，窗子就一直开着；一抬头，就看见远处的吊塔，心里便想起往日南大街的平房，免不了咒骂一通洪水。

老人在洪水后得了恐慌病儿，住在楼上后不久就瘫了。他睡在床上，看不到地面，也看不到更高的天，窗口给他固定了一个四方空白。他就唠叨楼房如何如何不好：高处不耐寒，也不耐热。儿女们却不同意，他们庆幸这场洪水，终有了漂亮的楼房居住。他们在玻璃窗上挂上手织的纱帘，在阳台上栽培美丽的花朵，阳光从门里进来可以暖烘烘地照着他们的身子，皮鞋在水泥板地面上走着，笃笃笃地响，浑身就有了十二分的精神。

"别轻狂，那场水是先兆，还会有大水呢。"老人说。

"不怕的！水还能淹上这么高吗？"

"这个山城要灭绝的……"

儿女们说不过他，瞧着他可怜，也不愿和他争吵。每天下班回来，就给他买好多好吃的，好穿的，但一放下，就不愿意守在他床前听他发唠叨。

"我要死了。"他总要这么说。

"爸爸！"儿女们听见了，赶忙把他制止住。

"是这场洪水逼死了我啊！"

有一天，他突然听到一种叫声，一种很好的叫声。什么在叫，在什么地方叫？他从窗口看不到。

这叫声天天被老人听到，他感到越发恐慌，一天天消瘦下去，眼眶已经陷得很可怕了。

"爸爸，你怎么啦，需要什么吗？"儿女们问。

叫声又起了，曜儿曜儿的。

"那是什么在叫？"

儿女们扒在窗口，就在离窗口下三米远的地方，那棵白杨树梢下的鸟窠里，一只红嘴鸟儿一边理着羽毛，一边快活地叫。

"是鸟儿。"

"我要鸟儿。"

"要鸟儿？"

儿女们面面相觑，不知道该怎么办。

"我要鸟儿。"老人在说。

儿女们为了满足老人，只好下楼去捉那鸟儿。但杨树梢太细，不能爬上去。他们给老人买了一台收音机。

"我要鸟儿。"老人只是固执。

有一天，鸟儿突然飞到窗台上，老人看见了，大声叫起来，但儿女们都上班去了，鸟儿在那里叫了几声，飞走了。

老人把这事说给了儿女，儿女们就在窗台上放一把谷子，安了小箩筐，诱着鸟儿来吃。那鸟儿后来果然就来了，儿女们一拉撑杆儿，鸟儿被罩在了箩筐里。

他们做了一个精巧的笼子，把鸟儿放进去，挂在老人的床边。

那个窗口从此就关上了。老人再不愿意看见那高高的吊塔，终日和鸟儿做伴，给鸟儿吃很好的谷子，喝清净的凉水，咒骂着洪水给鸟儿听。鸟儿在笼子里一刻也不能安分,使劲地飞动,鸣叫。老人却高兴了,儿女们回来便给讲了好多他童年的故事。

　　一天夜里,风雨大作,老人的恐慌病又犯了,彻夜不敢合眼,以为大的灾难又来了。天明起来,一切又都平静了,什么都不曾损失,只是那个杨树梢上的鸟窠,好久没有去编织,掉在地上无声地散了。

　　老人的病好些了,还是躺在床上,不住地用枝儿拨弄笼中的鸟儿。

　　"叫呀,叫呀!"

　　鸟儿已经叫得嘶哑了,还在叫着。儿女们却庆幸这只鸟儿给老人带来了欢乐。

1982 年 8 月

风筝

FENG ZHENG

——孩提纪事

　　初春，天还森冷森冷的，大人们都干着他们的事了；我们这些孩子，积了一个冬天烦闷，就寻思着我们的快乐，去做风筝了。

　　在芦塘里找到了几根细苇，偷偷地再撕了作业本儿，我们便做起来了。做一个蝴蝶样儿的吧，做一个白鹤样儿的吧；我们精心地做着，把春天的憧憬和希望，都做进去；然而，做起来了，却是个什么样儿都不是的样子了。但我们依然快活，便叫它是"幸福鸟"，还把我们的名字都写在了上边。

　　终于拣下个晴日子，我们便把它放起来：一个人先用手托着，一个人就牵了线儿，站在远远的地方；说声"放"，那线儿便一紧一松，眼见得凌空起去，渐渐树梢高了，牵线人立即跑起来，极快极快地。风筝愈飞得高了，悠悠然，在高空处翩翩着，我们都快活了，大叫着，在田野拼命地追，奔跑。

满村的人差不多都看见了，说：

"哈，放得这么高！叫什么名呀？"

"幸福鸟！"

"幸福鸟？啊，多幸福的鸟！"

"那是我们的呢！"

我们大声地宣告，跑得更欢了，似乎是一群麝，为自己的香气而发狂了呢。

玩过了一个早晨，又玩过了一个中午，到下午，我们还是歇不下来，放着风筝在田野里奔跑。风筝越飞越高，目标似乎就在那朵云彩上，忽然有了一阵小风，线儿"嘣"地断了。看那风筝，在空中抖动了一下，随即便更快地飞去了。我们都大惊失色起来，千呼万唤地，但那风筝只是飞去，愈远愈高，愈高愈小，倏忽间，便没了踪影。没有太阳的冷昏的天上，只留下一个漠漠的空白。

我们都哭起来了，向着大人们诉苦，他们却说："飞就飞了，哭什么呀！"

我们却不甘心，又在田野里寻找起来：或许它是从天上掉下来了，掉在一块麦田的垄沟里呢？还是在一棵杨树的枝梢，在一道水渠的泥里呢？可是，我们差不多寻了半个下午了，还是没个踪影。我正歪着身子瘫在那里怄气，一抬头，看见远远的河边有一座小小的房子，房下的水面上半沉半浮着一个巨大的木轮，不停地转着，将水扬起来，半圈儿水的白光。

"那里找过了吗？"

那里是我们村的水磨坊。从我们记事的时候，那里有这座小房，那里就有个看管磨坊的女人。据说，她原是城里人，是个"右派"，下放到这里来的；如今房子依然老样，水轮天天转动，她却是很老很老的了。我们平日从不去那里玩耍，只是家里米面吃完了，父母说："该去磨些粮食了。"我们才会想起这么个小房子，想起这个小房子里的老女人。

"没去过的，说不定'幸福鸟'落在那里呢。"大家说。

我们向那房子走去，这房子果然很小，很矮；屋檐下，墙壁上，到处挂着面粉的白絮儿，似乎这里永远是冬天呢。有一家人正在那里磨面，粉面儿迷蒙，雷一样的石磨声使人耳聋。我们推开东边那个小门，这是那老女人的住处：一个偌大的土炕，炕上一堆儿各色布头；一盆旺火在脚底烧着，暖融融的；窗台上一盆什么花草儿，出奇地竟开了三朵四朵白花。"婶婶！"我们叫着。没人回答，却分明地听见了屋后什么地方，有嚓嚓的声音。我们走出来，转到屋后，那老女人正弯身站在河边的一个水洼里，努力地用石头砸着洼里的冰。冰是青青的，裂开无数的白缝。她开始用手去扳冰块，嘴里吸溜吸溜着；一抬头看见了我们，说："这洼水冻严了，一条鱼儿冻住了！"

我们果然看见那大冰块里，有一条小鱼，被直直地封在里边，像是块玻璃雕刻的鱼纹工艺品。我们动手去扳，老女人却千叮咛万叮咛着小心；一直到我们把鱼放进河水里，才笑了。

"那鱼还能活吗？"我们说。

"或许能活呢，孩子；河水是热的，冰块会融化的。"

"鱼儿游来的时候，它是一洼水吧，或许它正快活地游过时忽然就被冻住了呢！"

噢，我们可怜可悲起这小鱼儿了：为什么要到这洼水里游呢？这可恶的水，为什么就要变成冰呢？！

"婶婶，你见着我们的'幸福鸟'了吗？"我们终于问她。

"幸福鸟？"

"是的，我们的风筝。"

"啊，多好的名字！是到我这儿来了吗？"她说，显得很高兴。"是的，你一定看见了。"她却摊摊手，说是没有。"是不是在这房上呢？"我们急急找起来，可是没有。又在河边找了，也没有。我们都心凉下来，呆在那里，互相看着，差不多又要哭了。

"'幸福鸟'呢？我们的'幸福鸟'呢？"

难道一个冬天的烦闷还要继续下去吗？辛辛苦苦地忙活了几天几夜，我们的乐趣就这么快地结束了吗？

我们终于哭起来了。

"不要哭，孩子！哭什么呢？你们瞧，那冰冻的鱼儿已经到了深水里，很快就会游起来呢。"老女人一直站在河边，风吹着她的头发，头发上落着厚厚的面粉，灰蒙蒙的，像落上了霜的茅草。

"可我们的'幸福鸟'呢？"

她那么笑笑地走过来，拍着我们的头，说："它是飞走了，就让它飞走吧。"

大人们总要这么说……我们再不理她了，只是哭着，想着："幸福鸟"该在哪儿呢？那几根细苇，我们去折它的时候，是踏着塘里的薄冰去的，是那么晶莹，那么有趣，可骤然间在脚下铮铮地裂开了，险些掉进水去……可是，"幸福鸟"，却倏忽间飞去了。

"回屋去吧，孩子们，屋里有火呢。"老女人说。我们都没有动；她拉，谁也不去。"你不懂！"我们说，"'幸福鸟'飞走了，我们是多么伤心，你知道它给了我们多少快乐！它为什么给了我们快乐，又要把快乐收去呢？"

老女人冷不丁站在那里，不再言语了，似乎也像那冰冻了的鱼儿一样，只是冻住她的不是水，而是身后的灰色的天幕。

她突然说："唉，孩子，我怎么不理解你们呢？你们是不幸的；不幸的人谁不是最懂得、最爱慕快乐的啊？！"

老女人的话，使我们都吃惊了：她原来是理解我们的，她是不同于那些大人们的呢。"孩子，不要难过，快进屋去吧。"我们进屋去了，就坐在火盆边儿，将冻得红红的手凑近去烤着。

"婶婶，'幸福鸟'是走了，可它去哪儿了呢？"

"地上找不着，那就在天上吧。"

"天上什么地方？"

"什么地方它都可以去。"

"那，天是什么呢？"

"天是白的；那是它该去的地方。"

"白的？！那它不寂寞吗？"

"白的地方都不寂寞。"她说，"你瞧见那水轮下的水了吗？它是白的，因为流着叫着，它才白哩。石磨因为呼呼噜噜地响着转着，磨出的面粉才是白的哩。还有，瞧见那盆花了吗？它是开着的放着的，它也才白了呢。"

我们都觉得神奇了，似乎是听明白了，又似乎听得不明白；但心里稍稍有些慰藉了：啊，"幸福鸟"在天上，天上那么白，它是不会寂寞的，那真是它该去的地方。

我们看着老女人一头一身的面粉，突然说道："你也是白的呢。"

"是吗？"她笑了。

"可你……你就一个人吗？就总是一个人在这小屋里吗？你不寂寞吗？"

"我这里有水声，有石磨声，有鱼，有花，有你们来；你们说呢？"

"你也是不寂寞的！"

"你们这些乖孩子哟！"

她于是从炕角的口袋里抓出大把的黄豆来，在火盆里爆了，分给我们，我们吃得很香，一直待到天快要黑了，才想到要回家去。

田野上，风还在溜溜地吹，几棵柿树，叶子早落了，裸露着一树的黑枝，像是无数伸抓什么的手。这柿树，也在索要着失去的什么吗？

回头看看那水磨坊，老女人还站在那里看着我们，我们突然

都这么想:

今天夜里,"幸福鸟"是住在哪一朵云上呢?那里是不寂寞的,是快乐的,它应该飞去啊!

它飞去了,带着我们的名字,我们在那个白的天上,一定也是快乐的了。

可是,我们都盼望"幸福鸟"有一天能再飞回来,让我们在它上面再写上这水磨坊老女人的名字呢。

1981 年 1 月

我不是个好儿子

WO BU SHI
GE HAO
ER ZI

　　在我四十岁以后，在我几十年里雄心勃勃所从事的事业、爱情遭受了挫折和失意，我才觉悟了做儿子的不是。母亲的伟大不仅生下血肉的儿子，还在于她并不指望儿子的回报，不管儿子离她多远又回来多近，她永远使儿子有亲情，有力量，有根有本。人生的旅途上，母亲是加油站。

　　母亲一生都在乡下，没有文化，不善说会道，飞机只望见过天上的影子。她并不清楚我在远远的城里干什么，唯一晓得的是我能写字，她说我写字的时候眼睛在不停地眨，就操心我的苦，"世上的字能写完？！"一次一次地阻止我。前些年，母亲每次到城里小住，总是为我和孩子缝制过冬的衣物，棉花垫得极厚，总害怕我着凉，结果使我和孩子都穿得像狗熊一样笨拙。她过不惯城里的生活，嫌吃油太多，来人太多，客厅的灯不灭，东西一旧就扔，说："日子没乡下整端。"最不能忍受我们打骂孩子，孩子不哭，她却哭，和我闹一场后就生气回乡下去。母亲每一次都高高兴兴来，每一次都生了气回去。回去了，我并未思念过她，甚至一年一年的夜里不曾梦着过她。母亲对我的好是我不觉得了母亲对我的好，当我得意的时候我忘记了母亲的存在，当我有委屈了就想给母亲诉说，当着她的面哭一回鼻子。

母亲姓周，这是从舅舅那里知道的，但母亲叫什么名字，十二岁那年，一次与同村的孩子骂仗——乡下骂仗以高声大叫对方父母名字为最解气的——她父亲叫鱼，我骂她鱼，鱼，河里的鱼！她骂我：蛾，蛾，小小的蛾！我清楚了母亲是叫周小蛾的。大人物之所以大人物，是名字被千万人呼喊，母亲的名字我至今没有叫过，似乎也很少听老家村子里的人叫过，但母亲不是大人物却并不失却她的伟大，她的老实、本分、善良、勤劳在家乡有口皆碑。现在有人讥讽我有农民的品性，我并不羞耻，我就是农民的儿子，母亲教育我的忍字，使我忍了该忍的事情，避免了许多祸灾发生，而我的错误在于忍了不该忍的事情，企图以委曲求全却未能求全。

　　七年前，父亲作了胃癌手术，我全部的心思都在父亲身上。父亲去世后，我仍是常常梦到父亲，父亲依然还是有病痛的样子，醒来就伤心落泪，要买了阴纸来烧。在纸灰飞扬的时候，突然间我会想起乡下的母亲，又是数日不安，也就必会寄一笔钱到乡下去。寄走了钱，心安理得地又投入到我的工作中了，心中再也没有母亲的影子。老家的村子里，人人都在夸我给母亲寄钱，可我心里明白，给母亲寄钱并不是我心中多么有母亲，完全是为了我的心理平衡。而母亲收到寄去的钱总舍不得花，听妹妹说，她把钱没处放，一卷一卷塞在床下的破棉鞋里，几乎让老鼠做了窝去。我埋怨过母亲，母亲说："我要那么多钱干啥？零着攒下了将来整着给你。你们都精精神神了，我喝凉水都高兴的，我现在又不至于喝着凉水！"去年回去，她真的把积攒的钱要给我，我气恼了，要她逢集赶会了去买个零嘴吃，她果然一次买回了许多红糖，装在一个瓷罐儿里，但凡谁家的孩子去她那儿了，就三个指头一捏，往孩子嘴一塞，再一抹。孩子们为糖而来，得糖而去，母亲笑着骂着"喂不熟的狗！"末了就呆呆地发半天愣。

　　母亲在晚年是寂寞的，我们兄妹就商议了，主张她给大妹看管孩子，有孩子占心，累是累些，日月总是好打发的吧。小外甥就成了她的尾巴，走到哪儿带到哪儿。一次婆孙到城里来，见我书屋里挂有父亲的遗像，她眼睛就潮了，说："人一死就有了日子了，不觉是四个年头了！"我忙劝她，越劝她越流下泪来。外甥偏过来对着照片要爷爷，我以为母亲更要伤心的，母亲却说：

"爷爷埋在土里了。"孩子说:"土里埋下什么都长哩,爷爷埋在土里怎么不再长个爷爷?"母亲竟没有恼,倒破涕而笑了。母亲疼孩子爱孩子,当着众人面要骂孩子没出息,这般的大了夜夜还要噙着她的奶头睡觉,孩子就羞了脸,过来捂她的嘴不让说。两人绞在一起倒在地上,母亲笑得直喘气。我和妹妹批评过母亲太娇惯孩子,她就说:"我不懂教育嘛,你们怎么现在都英英武武的?!"我们拗不过她,就盼外甥永远长这么大。可外甥如庄稼苗一样,见风生长,不觉今年要上学了,母亲显得很失落,她依然住在妹妹家,急得心火把嘴角都烧烂了。我想,如果母亲能信佛,每日去寺院烧香,回家念经就好了,但母亲没有那个信仰。后来总算让邻居的老太太们拉着天天去练气功,我们做儿女的心才稍有了些踏实。

小时候,我对母亲的印象是她只管家里人的吃和穿,白日除了去生产队出工,夜里总是洗萝卜呀,切红薯片呀,或者纺线,纳鞋底,在门闩上拉了麻丝合绳子。母亲不会做大菜,一年一次的蒸碗大菜,父亲是亲自操作的,但母亲的面条擀得最好,满村出名。家里一来客,父亲说:吃面吧。厨房一阵案响,一阵风箱声,母亲很快就用箕盘端上几碗热腾腾的面条来。客人吃的时候,我们做孩子的就被打发着去村巷里玩,玩不了多久,我们就偷偷溜回来,盼着客人是否吃过了,是否有剩下的。果然在锅底里就留有那么一碗半碗。在那困难的年月里,纯白面条只是待客,没有客人的时候,中午可以吃一顿包谷糁面,母亲差不多是先给父亲捞一碗，然后下些浆水和菜，连菜带面再给我们兄妹捞一碗，最后她的碗里就只有包谷糁和菜了。那时少粮缺柴的，生活苦巴，我们做孩子的并不愁容满面，平日倒快活得要死，最烦恼的是帮母亲推磨子了。常常天一黑母亲就收拾磨子，在麦子里掺上白包谷或豆子磨一种杂面，偌大的石磨她一个人推不动，就要我和弟弟合推一个磨棍，月明星稀之下，走一圈又一圈，昏头晕脑的发迷怔。磨过一遍了，母亲在那里筛箩，我和弟弟就趴在磨盘上瞌睡。母亲喊我们醒来再推，我和弟弟总是说磨好了，母亲说再磨几遍，需要把麦麸磨得如蚊子翅膀一样薄才肯结束。我和弟弟就同母亲吵，扔了磨棍怄气。母亲叹叹气，末了去敲邻家的屋子，哀求人家：二嫂子，二嫂子，你起来帮我推推磨子！人家半天不吱声，她还在求，说：“咱换换工，你家推磨子了，我再帮你……孩子明日要上学，不敢耽搁娃的课的。”瞧着母亲低声下气的样子，我和弟弟就不忍心了，揉揉鼻子又把磨棍拿起来。母亲操持家里的吃穿琐碎事无巨细，而家里的大事，母亲是不管的，一切由当教师的星期天才能回家的父亲做主。在我上大学的那些年，每次寒暑假结束要进城，头一天夜里总是开家庭会，家庭会差不多是父亲主讲，要用功学习呀，真诚待人呀，孔子是怎么讲，古今历史上什么人是如何奋斗的，直要讲两三个小时。母亲就坐在一边，为父亲不住吸着的水烟袋卷纸媒，纸媒卷了好多，便袖了手打盹。父亲最后说：“你妈还有啥说的？”母亲一怔方清醒过来，父亲就生气了：“瞧你，你竟能睡着？！”训几句。母亲只是笑着，说：

"你是老师能说，我说啥呀？"大家都笑笑，说天不早了，睡吧，就分头去睡。这当儿母亲却精神了，去关院门，关猪圈，检查柜盖上的各种米面瓦罐是否盖严了，防备老鼠进去，然后就收拾我的行李，然后一个人去灶房为我包天明起来吃的素饺子。

父亲去世后，我原本立即接她来城里住，她不来，说父亲三年没过，没过三年的亡人会有阳灵常常回来的，她得在家顿顿往灵牌前贡献饭菜。平日太阳暖和的时候，她也去和村里一些老太太们抹花花牌，她们玩的是两分钱一个注儿，每次出门就带两角钱三角钱，她塞在袜筒。她养过几只鸡，清早一开鸡棚，一一要在鸡屁股里揣揣有没有蛋要下，若揣着有蛋，半晌午抹牌就半途赶回来收拾产下的蛋。可她不大吃鸡蛋，只要有人来家坐了，却总热惦着要烧煎水，煎水里就卧荷包蛋。每年院里的梅李熟了，总摘一些留给我，托人往城里带，没人进城，她一直给我留着，"平爱吃酸果子"，她这话要唠叨好长时间，梅李就留到彻底腐烂了才肯倒去。她在妹妹家学练了气功，我去看她，未说几句话就叫我到小房去，一定要让我喝一个瓶子里的凉水，不喝不行，问这是怎么啦，她才说是气功师给她的信息水，治百病的，"你要喝的，你一喝肝病或许就好了！"我喝了半杯，她就又取苹果橘子让我吃，说是信息果。

我成不成为什么专家名人，母亲一向是不大理会的，她既不晓得我工作的荣耀，我工作上的烦恼和苦闷也就不给她说。一部《废都》，国之内外怎样风雨不止，我受怎样的赞誉和攻击，母亲未说过一句话。当知道我已孤单一人，又病得入了院，她悲伤得落泪，要到城里来看我，弟妹不让她来，不领她，她气得在家里骂这个骂那个，后来冒着风雪来了，她的眼睛已患了严重的疾病，却哭着说："我娃这是什么命啊？！"

我告诉母亲，我的命并不苦的，什么委屈和劫难我都可以受得，少年时期我上山砍柴，挑百十斤的柴担在山砭道上行走，因为路窄，不到固定的歇息处是不能放下柴担的，肩膀再疼腿再酸也不能放下柴担的，从那时起我就练出了一股韧劲。而现在最苦的是我不能亲自伺候母亲！父亲去世了，作为长子，我是应该为这个家操心，使母亲在晚年活得幸福，但现在既不能照料母亲，反倒让母亲还为儿子牵肠挂肚，我这做的是什么儿子呢？把母亲送出医院，看着她上车要回去了，我还是掏出身上仅有的钱给她，我说，钱是不能代替了孝顺的，但我如今只能这样啊！母亲懂得了我的心，她把钱收了，紧紧地握在手里，再一次整整我的衣领，摸摸我的脸，说我的胡子长了，用热毛巾捂捂，好好刮刮，才上了车。眼看着车越走越远，最后看不见了。我回到病房，躺在床上开始打吊针，我的眼泪默默地流下来。

1993 年 11 月

一位作家

YI WEI
ZUO JIA

东边的高楼是十三层，西边的楼也是十三层，南边是条死胡同，北边又是高楼，还是十三层。他家房在那里，前墙单薄，后墙单薄，方正得像从高楼上抛下的一个纸盒，黝黑得又像是地底下冒出的一块仄石。楼上人说住在这里乐哉，他也说乐哉；楼上人见他乐哉了而又乐哉，他见楼上人瞧他乐哉而乐哉，也便越发更乐哉。他把楼不叫楼，叫山；三山相峙，巍巍峨峨，天晴之夜往上望去，可谓"山高月小"。楼上人称他房亦不可房，叫潭；遇着雨季，三层楼以下水雾迷茫，直待雨住，水仍流泻不及，可谓"水落石出"。

他曾买过电视机，可方位太不好，图像总是模糊，只好忍痛割爱转卖了。但表是走得极准的：十一点零五分，太阳准时照来；

三点二十四，太阳准时便归去。他会充分利用这天光地热：花盆端出来，鱼缸端出来，还有小孩的尿布，用竹竿高高挑起，那虽然并不金贵，但在他的眼里，却是幸福的旗子。

他从来不奢华，口很粗，什么都能吃，胃是好极好极的。只是嗜好香烟如命，一天一包，即使伤风感冒也吸吐不止。因为烟吸得多了，口里无味，便喜食辣子，面条里要有，稀饭里也要有，当然面条最好，但愿年年月月如此。再就爱书，坐下看，睡下看，走路也看，眼睛原本好好的，现在戴了眼镜，一圈一圈的，像个酒瓶底。于是，别人送他一副对联："片片面，面片片，专吃面片；书本本，本本书，专啃书本。"他看了，也不恼，说是两句都是一个"专"字，不符合对仗，下联该改成"尽"字为妙。

他极善的心性，妻子亦善极。结婚五年，谁也不嫌弃这所房子。白日一个勺把，夜里一个枕头；爱情固然亲密，生活提供他们的这点地方，窄小得也只能亲密。房内是分为三处的：北墙下一张桌子，那是他的世界，独来独往。墙上贴名画，桌边堆书籍报刊：普希金的也有，舒婷的也有，曹雪芹的也有，王蒙的也有。有的红蓝黑笔画满圈圈道道；有的打开，久而不合，纸被灰尘浸得昏黄。桌上一铜钱厚灰土，但一个小三角洁净异常：一角是经常放纸，两角是经常搁肘。东墙角是一台缝纫机，那是妻的天下。要是缝补，脚在下踩，手在上拉，她是机器的主人。缝完好，补完了，机头放下，台布铺好，压一块光亮亮的玻璃，下放她的照片，他的照片，她和他的接班人的照片：全都着色，红是润红，白是嫩白。西墙下一个小柜，那是儿子的王国，文有画册，武有手枪，积木、魔方塞得狼藉。诸侯割据，三国鼎立，谁也不能侵犯谁，只有南墙下一张大床上，和平共处，至亲至善。可惜光线太暗了，他刮胡子要到门外，妻梳头发要开灯对镜。他便叫来纸糊匠，将顶棚如烟囱一般直扎而上，上边揭瓦嵌块玻璃，算是天窗。从此房子明亮，却如站在井口往下看，幽幽一片神秘，但确实更像是坐井观天，天是一块方镜。白日，太阳照下，光束一柱，儿嚷道要爬柱而上；夜晚，一家吃饭，星月在镜中，他就来个"举杯邀明月"，三杯便醉。

什么都可满足，只是时间总觉不够。白日十二个小时，他要掰成几瓣：要给吃喝，要给儿子，要给工作，要给写作。早晨妻为儿子穿戴，他去巷口挑水，小米稀饭常常便溢了锅。吃罢饭，妻工厂远，先走了，他洗锅刷碗，送儿子到幼儿园。儿子不肯去，横说竖劝，软硬兼施，末了还得打屁股，一路铃声不停，一路哭声不绝。晚上回来，车后捎了菜，饭他却是不做的，衣服他也是不洗的，进门就坐在桌前写。纸是一张一张地揭，烟是一根一根地抽，"文章无根，全凭烟熏"。这真理他是信的。妻接了儿子回来，大声不出，脚步轻移，开炉子，擀面条，热腾腾地捞上一碗了，却不叫他名，偏让儿喊爸。吃罢饭，一个又是写，一个去洗衣；写好了，他爱哼秦腔，却走腔变调，儿说是拉锯呢。妻让念念他的著作，他绘声绘色，念毕了，妻说"不好"，他便沉默，若说"好"字，他又满脸得意，说是知音，过去"嘣"的一声，飞吻一口。儿子嫉妒，也要叫吻他，立时爸吻了娘再吻儿：一个快乐分成三个快乐也！

天天在写，月月在写，人变得"形如饿鬼"了。但稿子一篇一篇源源不断地寄出去了，又一篇一篇源源不断地退回来了。编辑不复信，总是一张铅印退稿条，有时还填个名姓，有时则名姓也不填。妻说："你没后门吧？"他说："这不同于别的事！"一脸清高。妻再说："人家都千儿八百有稿费，你连个铅字都印不出。"他倒动气了："写作是为了钱？！"妻要又说一句："你怕不是搞这行的料？"他答一声"哪里！"却再不言语了。到了床上，还在构思，如临产的妇女，辗侧不已。妻就猫儿似的悄然，他不忍了，黑暗里还在说："你要支持我哩……"

他眼泡常是红肿的，那是熬夜熬的；他嘴唇常是黑黄的，那是抽烟抽的。衣虽然肮脏，但稿件上却不允有半个黑黑疙瘩；脸虽然枯瘦，但文中人物却都尽极俊美；甚至他一切不修边幅，但要求儿子、妻子却要时兴。妻说这是怪毛病，他说："我是缺少的太多了，我也是需要的太多了。"他羡慕别人发表了作品，更眼红别人作品得奖。他有时很伤感，偷偷抹了泪。但他又相信自己，因为风声、雨声、国事、家事，他装了一肚子故事。要歌唱，但没有一把琴；要演说，又没有讲台；只有这支笔写出来给自己看，给世人看。但是稿件发表不了，他苦恼，妻更焦心，妻便是他第一个读者，也是他最后一个读者；读者虽少，但总算有了读者，他心里安妥了许多。

可怜的是人到了中年,上有父母,年纪都大了;下有儿子,正是淘气时候。月初发工资,他要算着开支:第一件事是给老家邮十元,第二件是给儿子买玩具,承上启下,这是雷打而不动。再是为他买稿纸,再是为她购化妆品。他呢,一辆自行车,除了铃不响浑身都响;一件夹克,翻过来也是穿,翻过去也是穿。老母常接来,吃不起鱼虾,就买猪头;一个蒸馍,夹半个猪耳朵,双手递在娘手里。夫妻两个说不上是举案齐眉,倒也是头上是天,各顶一半,有了也去吃螃蟹,没了就烧面疙瘩汤,心里快活,喝口凉水也是甜的。他们老听见楼上的一对夫妻打架,鞋子、枕头从窗口飞下来。他们不明白,那家电视机有,洗衣机有,打的什么架?更有听说某某"长"的老婆空虚无聊而自杀了,便要谈说几天,百思不得一解。

世人都盼星期天,他也盼星期天。世人星期天上大街,逛公园,他星期天关门就写作。写得累了,对着方镜看看天,再对着窗子看看楼的山。山上层层有凉台,台台种花草,养鱼鸟,城市的大自然都压缩在一个凉台上了。有的洗了被单挂着,他想象那是白云:云卧而不散,深处必有人家?有的办家庭舞会,他醉心是仙乐从天而降,吟出一句"我欲乘风归去,又恐琼楼玉宇,高处不胜寒"。当层层凉台都坐了人,老的,少的,男的,女的,他就乐得哧哧笑,说像是麦积山的佛龛。他走出门来,楼上有认识的,一上一下寒暄几句;不认识的,给他一个笑脸儿,他还一个笑脸儿。有的问:"还在写吗?"答:"还在写。"就有人劝他别受苦,他哼一声，进屋把门关了。他干不了投机倒把，又不会去炸油条做生意，让他在家闲着？楼上楼下的女人他都看了，没一个有他妻子漂亮；巷口巷尾的扑克摊上，妻子也看了，从没他的身影：是是非非不沾身，公安局人来了心不惊。一个美丽，一个高尚，合二为一，光荣门第。

坐小车的不到他房子来，这是肯定的。但三朋四友却踢破了门：有做工的，有跑堂的，有卖菜的，有开车的。来了，有酒且酌，无酒且止，宾主坐列无序，谈笑天空地阔。这个讲他工厂里一个好的书记，那个骂街道一个流氓泼皮；说起天下大事，哪儿丰收了，眉飞色舞；哪儿受灾了，一脸愁云。直谈到零时交接，客人走了，弥一屋烟雾，留一地烟蒂，妻也不恼，他也不烦，拉开稿纸又写起来。大的故事写长篇，小的素材写小品。北京的大出版社也敢投，市报的"刺猬"栏也看上投；发不发是编辑的事，写不写他有责任。要不对不起三朋四友，也对不起自己的良心。常常一写一夜，妻子也得了毛病：不开灯倒睡不着，不闻烟倒鼻不通。

最乐趣的是稿件往外投，信封严严实实地糊，邮票端端正正地贴，夫妻到邮局去，让儿子拿着往邮筒里塞。塞进去了，塞进了三颗扑腾腾跳跃的心。于是，大马路显得宽广，行人脸上都笑笑的，他抱了儿子就前边跑，妻便咯咯地后边追。穿大街，过小道，钻胡同，绕窄巷，到了家门口。进门包饺子吃吧，他剁馅，她擀皮；一个说这篇稿件能发表，一个说先不敢声张漏了气；一个说发表了稿费买个沙发，一个说沙发太贵买藤椅。儿子问，爸爸挣钱了吗？做娘的说，爸爸是生活上的小人，道德上的伟人，经济上的穷光蛋，精神上的大富翁。儿子听不懂，问爸爸是干什么工作？回答是："作家。""作家！作家！"儿子喊起来，外边人都知道了。慢慢传开，都传说这里有一个下班回来，"坐家"的人。有懂行的，说此人不可小瞧，现在是搞业余写作，说不定将来真成气候，要去作协工作呢。楼上几个老太太便如梦初醒，但却瘪了嘴：哦，原来是个"做鞋"的？！

1982 年 12 月

母亲

MU QIN

　　浅儿是我的女儿，四个月了，才刚刚会笑，没有音儿的，在嘴唇上迅速一闪的微笑。

　　这笑，第一个发现了的是我的妻子，浅儿那美丽而善良的母亲。那是树发芽、春正浅的日子，我们到姨家去，在车站上候车，孩子就在她的手掌上旋转，一口一亲，一亲一呼，万般作态地逗着，全然不理会旁边的人了。突然，就对我叫道："快，快来哟！"我跑过去，孩子躺在怀里，均匀地呼吸，阳光下，看见了那脸上茸茸的毛儿，豆芽菜般的嫩。她说刚才是笑了；就再去逗，却终未再逗得出来。她便很是替我遗憾了，说那笑的好，金色的，甜丝丝的，使人心惊慌地酥酥颤……"孩子是认得我了，是专给她母亲笑的哩！"周围的人都听得有趣，哧哧地笑。她好像获得奖赏，越发兴致了，说那笑是极像玫瑰花儿在绽哩。

　　她真是有些傻了，全然不是以前的样儿了。那个时候，她是该活泼的妙龄，那高高隆起的胸脯里，是该蓄饱了青春的呼吸，但她却十分的腼腆，没有事了，是不大出门的，一整天可以静静地坐在家里做事。现在，她不甘寂寞了，喜欢种花，喜欢读诗，喜欢到充满阳光的田野去；一有人的地方，必然就有她抱了孩子在那里了。她个儿不高，长得娇嫩，谁也想不到是养孩子的时候。"谁的宝贝？"人问。"我的呀！"她说，脸不青不红，问的人倒不好意思了。她就大笑，显得很是骄傲，似乎这个世界上，她是最富有的、有奇功可居的人。

　　而且，我发现她慢慢有一种虚荣心了，极喜欢恭维。谁要说句：这妞儿长得疼哟！脸子白呀！鼻子俏呀！她就对谁十二分的好；一路跑回来，要一次又一次给我复述这些赞美词。末了，激情还是发泄不了，就抱了孩子在院子里跳着跑，快活得像一头麝，为它的香气而发狂了哩！

　　我是个呆人，只是偶尔弄点文学，她却是剧团里的名演员了，那头发里，袖领里，时常飘出一种淡淡的指甲花味儿的甜香。记得结婚前去一个朋友家，那人生了孩子，才过了周岁，她在那房里只待了五分钟，不喝她家的水，连炕沿儿也不肯坐，出来对我说："一股尿臊味儿！"如今说起这事，她就笑了，骂自己一声"幼稚"。我便看见她常常用手去拧孩子尿布；拉下屎了，还要凑近去看那颜色，说是孩子受冷了，受热了。有时正抱着，孩子突然尿下了，我叫了起来，她忙分开孩子的腿，问："浅儿裤子湿了？""没有，"我说，"全尿在你裤子了！"她就说："不要惊动，让尿吧，一惊动就会不尿了哩！"她那裤子上常常就看见有尿的白印儿。但是，孩子的裤上，是不允许有一点湿的，因此，我总免不了被惩罚似的夜夜在火炉上烘那湿裤子的。

一天夜里，风雨很大，哗哗哗，打得门外的那棵棕树整夜整夜地响，我在炕上睡不着，坐起来构思一篇文章，终也思绪不收。她却没有醒，伸着胳膊，让孩子枕了，那整个身子就微微蜷着，孩子就正好在她的怀抱了。咝儿，咝儿，睡得安闲，似乎那风声雨声，在棕树叶上变成了悦耳的旋律，那睫毛扑落下来，是一副完全浸融的神态。突然，孩子动起来，只那么哭出一声，她猛地睁开了眼，立即就醒了，伸手将孩子抱起来。我奇怪了，在她那身体的什么地方，有一根孩子的神经吗？孩子醒来了，半夜里是常常不再去睡的，她就搂着哄，说好多好多的话："乖乖，不要哭，听妈妈话啊！""瞧爸爸，爸爸又在想文章了，你问他，又在编什么离奇的故事了？"我笑她"对牛弹琴"，她说："你听你听，孩子完全是听得懂的。"我终没有听出什么来，浅儿只是傻乎乎地"啊儿啊儿"地叫着。

慢慢地，我嫉妒起我的小浅儿了。这孩子没有出生前，我是她的魂儿，一下班回来，她就让我陪着她说话，给我撒娇，一颗糖儿也要我吃一半她才肯吃的。现在的重点，彻底是转移了，孩子成了她的心儿、肝儿。可以说，我之所以对孩子好，是为了讨得她的喜欢，而她待我好，也只是我好待了这孩子。我从京城托人买给她了高级毛线，是让她打些时髦的上衣和头巾的；她却全给孩子打了衣、裤、帽、袜。孩子穿不过来，她一有空就翻出来看看，像我翻素材札记一样入味儿。

她开始有了个坏毛病，黎明时分，就睡不着了，独独爬起来，一眼一眼瞧着睡着的孩子看，看着就悄悄地笑，然后对我说：孩子的眉毛是她的，但比她的淡，淡得好；孩子的鼻子是我的，但比我的直，直得好。她总是孩子孩子的；孩子成了她生活的主弦，只要碰它一下，立即就全七音齐发了哩。这个时候，我常常就在心中叫道：那我呢？那我呢？真不知道我在她的心上，还有多少位置呢？

有一次，我到外地去出差了，我给家里写信，偏不提孩子事，她回信了，说："你为什么不问问孩子呢？你走了，你一定觉得是清静了，可我，还是每夜每夜哄着浅儿睡，她还和我拉话儿哩（当然你是听不懂的）。你要爱浅儿，咱们在产床上就定了的，只要这一个，你要不爱，那会伤我心的。你瞧，孩子多么漂亮，那眼睛多亮啊！……或许，你是在心上爱她，爱得比我还深，但是，你要表现哩，傻瓜！"

于是乎，我心情慢慢轻松了，才知道是我错了，原来这世界上的爱，是无限的！以后的日子里，我果然发现，浅儿的出现，不是分散了她对我的爱情，而是更深沉了，更巩固；该我十分感谢这孩子了！

从此，孩子成了我们幸福的源泉和理想的寄托，我们甚至讨论起孩子的将来了。我说以后一定要培养成个作家，写出爸爸写不出的流水般的优美韵文；她说以后一定要培养成个演员，唱出妈妈唱不出的黄莺般的动听歌子。谁也说服不了谁，只好结论道：孩子是孩子的，谁也不能强迫，让她以后自己选择吧！

孩子简直是我们家的小太阳了，一切都围绕着转起来。但我，心里却时时泛起了一种隐隐的苦恼，因为我没有了时间，也收拢不下思想去弄我的文学了，几个月来，各家报刊的约稿信在书案上压下了一沓儿，却只是无法写出一个字来。她看我可怜，便腾出空儿让我去写，但终写不出满意的，想，有了孩子的人了，半辈子已经过去，竟还一事无成！愈是苦恼，愈是写不出来，便越发的苦恼了。她就抱了浅儿过来，说："苦恼什么呢？咱是不行了，可咱有孩子啊！你掂掂咱的后代，她会有出息的，咱们就好好培养她吧！瞧，孩子对你笑了！"

我的浅儿，果然在向我笑了哩，虽然还是那么无音儿的，在嘴唇上迅速一闪的微笑，但她毕竟是认得我这做爸爸的了吗？

我笑了，我多么感激我的浅儿，多么感激我浅儿的美丽而善良的母亲啊！

1980 年 3 月

两代人

LIANG DAI
REN

一

　　爸爸，你说：你年轻的时候，狂热地寻找着爱情。可是，爸爸，你知道吗？就在你对着月光，绕着桃花树一遍一遍转着圈子，就在你跑进满是野花的田野里一次一次打着滚儿，你浑身沸腾着一股热流，那就是我；我也正在寻找着你呢！

　　爸爸，你说：你和我妈妈结婚了，你是世上最幸福的人。可是，爸爸，你知道吗？就在你新喜之夜和妈妈合吃了闹房人吊的一颗枣儿，就在你蜜月的第一个黎明，窗台上的长明烛结了灯彩儿，那枣肉里的核儿，就是我，那光焰中的芯儿，就是我。——你从此就有了抗争的对头了！

二

爸爸，你总是夸耀，说你是妈妈的保护人，而善良的妈妈把青春无私地送给了你。可是，爸爸，你知道吗？妈妈是怀了谁，才变得那么羞羞怯怯，似莲花不胜凉风的温柔；才变得绰绰雍雍，似中秋的明月丰丰盈盈？又是生了谁，才又渐渐褪去了脸上的一层粉粉的红晕，消失了一种迷迷丽丽的灵光水气？

爸爸，你总是自负，说你是妈妈的占有者，而贤惠的妈妈一个心眼儿关怀你。

可是，爸爸，你知道吗，当妈妈怀着我的时候，你敢轻轻撞我一下吗？妈妈偷偷地一个人发笑，是对着你吗？你能叫妈妈说清你第一次出牙，是先出上牙，还是先出下牙吗？你的人生第一声哭，她听见过吗？

三

爸爸，你总是对着镜子忧愁你的头发。你明白是谁偷了你的头发里的黑吗？你总是摸着自己的脸面焦虑你的皮肉。你明白是谁偷了你脸上的红吗？爸爸，那是我，是我。在妈妈面前，咱们一直是决斗者，我是输过，你是赢过，但是，最后你是彻底地输了的。所以，你嫉妒过我，从小就对我不耐心，常常打我。

爸爸，当你身子越来越弯，像一棵曲了的柳树，你明白是谁在你的腰上装了一张弓吗？当你的痰越来越多，每每咳起来一扯一送，你明白是谁在你的喉咙里装上了风箱吗？爸爸，那是我，是我。在妈妈的面前，咱们一直是决斗者，我是输过，你是赢过，但是，最后你是彻底地输了。所以，你讨好过我，曾把我架在你的脖子上，叫我宝宝。

四

啊，爸爸，我深深地知道，没有你，就没有我，而有了我，我却是将来埋葬你的人。但是，爸爸，你不要悲伤，你不要忌恨，你要深深地理解：孩子是当母亲的一生最得意的财产，我是属于我的妈妈的，你不是也有过属于你的妈妈的过去吗？啊，爸爸，我深深地知道，有了我，我就要在将来埋葬了你。但是，爸爸，你不要悲伤，你不要忌恨，你要深深地相信，你曾经埋葬过你的爸爸，你没有忘记你是他的儿子，我怎么会从此就将你忘掉了呢？

品茶

PIN CHA

西安城里，有一帮弄艺术的人物，常常相邀着去各家，吃着烟茶，聊聊闲话。有时激动起来，谈得通宵达旦，有时却沉默了，那么无言待过半天；但差不多十天半月，便又要去一番走动呢。忽有一日，其中有叫子兴的，打了电话，众朋友就相厮去他家了。

子兴是位诗人，文坛上负有名望，这帮人中，该他为佼佼者。但他没有固定的住处，总是为着房子颠簸。三个月前，托人在南郊租得一所农舍，本应是邀众友而去，却突然又到西湖参加了一个诗会，得了本年度的诗奖。众人便想，诗人正在得意，又迁居了新屋，去吃茶闲话，一定是有别样的滋味了。

正是三月天，城外天显得极高，也极青。田野酥软软的，草发得十分嫩，其中有蒲公英，一点一点的淡黄，使人心神儿几分荡漾了。远远看着杨柳，绿得有了烟雾，晕得如梦一般，禁不住近去看时，枝梢却并没叶片，皮下的脉络是楚楚地流动着绿。

路上行人很多，有的坐着车，或是谋事；有的挑着担，或是买卖。春光悄悄走来，只有他们这般悠闲，醺醺然，也只有他们深得这春之妙味了。

打问该去的村子，旁人已经指点，问及子兴，却皆不知道，讲明是在这里住着的一位诗人，答者更是莫解，末了说：

"是 × 书记的小舅子吗？那是在前村。"

大家啼笑皆非，喟叹良久，凄凄伤感起来：书记的小舅子村人尽知，诗人却不知为然，往日意气洋洋者，原来是这样的可怜啊！

过了一道浅水，水边蹲着一个牧童，正用水洗着羊身。他们不再说起诗人，打问子兴家，牧童凝视许久，挥手一指村头，依然未言。村头是一高地，稀落一片桃林，桃花已经开了，灼灼的，十分耀眼。众人过了小桥，桃林里很静，扫过一股风，花瓣落了许多。深走五百米远，果然有一座土屋，墙虽没抹灰，但泥搪得整洁，瓦蓝瓦蓝的，不曾生着绿苔。门前一棵荚子槐，不老，也不弱，高高撑着枝叶，像一柄大伞。东边窗下，三根四根细竹，清楚得动人。往远，围一道篱笆，篱笆外的甬道，铺着各色卵石，随坡势上下，卵石纹路齐而旋转，像是水流。中堂窗开着，子兴在里边坐着吟诗，摇头晃脑，得意得有些忘形。

众人呼叫一声，子兴喜欢地出来，拉客进门，先是话别叙情，再是阔谈得奖。亲热过后，自称有茶相待，就指着后窗说，好茶要有好水，特让妻去深井汲水去了。

从后窗看去，果然主妇正好在村口井台上排队，终轮到了，扳着辘轳，颤着绳索，咿咿呀呀地响。末了提了水罐，笑吟吟地一路回来了。

众人看着房子，说这地方毕竟还好，虽不繁华，难得清静，虽不方便，却也悠暇，又守着这桃花井水，也是"人生以此足也"。这么说着，主妇端上茶来，这茶吃得讲究，全不用玻璃杯子，一律细瓷小碗。子兴让众人静静坐了，慢慢饮来，众人窃窃笑，打开碗盖，便见水面浮一层白汽，白汽散开，是一道道水痕纹，好久平复了。子兴说，先呷一小口，吸气儿慢慢咽下，众人就骂一句"穷讲究"，一口先喝下了半碗。

君子相交一杯茶，这么喝着，谈着，时光就不知不觉消磨过去，谁也不知道说了多少话，说了什么话，茶一壶一壶添上来，主妇已经是第五次烧火了。不知什么时候，话题转到路上的事，茶席上不免又一番叹息，嘲笑诗人不如弃笔为政，继而又说"阳春白雪，和者盖寡"，自命清高。子兴苦笑着，站起来说：

"别自看自大，还是多吃茶吧！怎么样，这茶好吗？"

众人说：

"一般。"

"甚味？"

"无味。"

"要慢慢地品。"

"很清。"

"再品。"

"很淡。"

子兴不断地启发，回答者不使他满意，他有些遗憾了，说：

"这是龙井名茶啊！"

这竟使众人都大惊了。他们住在这里，一向是喝着陕青茶，从来只知喝茶就是喝那比水好喝一点的黄汤，从来不知茶的品法；老早听说龙井是茶中之王，如今喝了半天了，竟没有喝出特别的味儿来，真可谓蠢笨，便怨恨子兴事先不早说明，又责怪这龙井盛名难副，深信"看景不如听景"这一俗语的真理了。

"好东西为什么这么无味呢？"

大家觉得好奇，谈话的主题就又转移到这茶了。众说不一，各自阐发着自己的见解。

画家说：

"水是无色，色却最丰。"

戏剧家说：

"静场便是高潮。"

诗人说：

"不说出的地方，正是要说的地方。"

小说家说：

"真正的艺术是忽视艺术的。"

子兴说：

"无味而至味。"

评论家说：

"这正如你一样，有名其实无名，无乐其实大乐也！"

众人哈哈一笑，站起身来，说时间不早了，该回家去了，就走出门来，在桃林里站了会儿，觉得今日这茶品得无味，话也说得无聊，又笑了几声，就各自散了。

1981 年 9 月

访梅

FANG MEI

小时候，对于我们这些孩子，冬天实在是单调的日子；春天夏天的花花绿绿的色彩，全然消失了，甚至连一只花翎的鸟儿也飞绝了。到处是一片白。游戏也懒得去做，顶多是去大场踢毽子，踢上一气，也索然无味。只好待在家里的火塘边看那红光，看着看着，那火烧到旺处，却也成了白色。正难熬着，听奶奶说，舅爷要来家了。这使我们十分高兴，盼了整整十天，差不多要失望了，他才姗姗来了。

舅爷是个画家，住在远远的大城里，听奶奶说，他的名气老大，在国外也办过画展。但我们翻看他的画集，却并不佩服他，他的画简单极了，每幅画都懒得去画满，往往就是那么几块几笔水墨，那蚂蚱，似乎并不就是蚂蚱；那小鱼，似乎并不就是小鱼，我们当时就哧地笑了，觉得跟我们的画差不多呢。于是乎，他来后的第二天，我们就不敬而远之了，随便着和他对话，笑上几声，缠他讲城市的故事，日子也觉得有些生气。但是，他却提出要出外作画去，大雪天里，天地一片儿白，有什么可画的呢？我们很有几分疑惑，更有了几分好奇，便闹嚷嚷地斯跟了他去。

从窄窄的雪巷里蹚出去，过了大场，一直往村后的小山包上走去。山包上雪落得很厚，夏天里，我们在这里捉毛老鼠的那片乱坟，什么凹的凸的地也没有了；夜里打着手电，悄悄来掏灰鸽子的树上，没了窠儿，也没有一片叶子。这里有什么可画的呢？舅爷拣着一块石头坐下，眯缝了那双眼睛，左看看，右看看，看远又看近。足足那么了半个时辰，就拿出画夹，开始画起来了。我们一眼一眼看，看着看着，果然天地单调，画面更单调。

"单调吗？"舅爷说。

"单调极了，"我们说，"我们给你寻些能画的色彩吧。"

"找些什么色彩呢？"

"譬如梅花，那花是多么红呢！"

舅爷笑了，叮咛我们小心去寻。

"去吧，舅爷等着你们寻来最美的东西。"

我们跑去了，先是到了东边，那是一慢斜坡，稀稀地站着几株柿树，如今光裸裸的，没有一颗红艳艳的果子，铁似的枝条，衬在雪里，似乎在作着沉思。再往远去，有一簇村庄，屋顶蓝锃锃的瓦没见了，村前那口满是绿荷的池塘没见了，村口跑出一头毛驴，也是满身潮了霜，灰不溜丢的。

我们又跑到山包北边，下去一里，便是清阳河了。往日里，那是个大草坝，上面有着青茵茵的草，草里长着花，黄的，红的，紫的，蓝的。我们把羊赶上去，羊在啃草，我们就采花编着花环，傍晚回家，我们脖子上挂着花环，羊脖子上也挂着花环。可如今，什么也没有了，雪埋得平平的，偶尔看得见一丛草尖冒上来，那已经干枯了，霜冻得很硬，一有风就豁啷啷响。

我们又跑到山包西边，心想这儿一定是会有梅的，因为长着密密的树。但是，我们细细地在树林子里找了，并没有什么梅的，甚至连别的什么颜色的东西也没有。我们一下子都坐在雪窝里，觉得这冬天里，实在是没有什么可画的色彩了，一时之间，又觉得舅爷可笑：连色彩都没有，还谈得上什么美吗？真后悔不该这么跑了山包的几面坡，更后悔压根儿就不该跟着舅爷到这里来呢。

可是，我们转回到舅爷那儿，他却已画了四张画，虽然又是那么几笔，树并不就是那树，桥并不就是那桥。看见了我们，说：

"孩子，寻到了吗？"

"什么也没寻到。"

"只是白的吗？"

"只是白的。"

"好了，找到了。"

"找到了？找到什么了？"

"找到了只是白的。"

"白的有什么意思？"

"你们想想，天是什么？天是云。云是什么？云是蒸汽。蒸汽是什么？蒸汽是水。水是什么？水是白的。天上地下，哪一样不是白色的呢？白色是最美的色彩呢！"

"那么说，"我们一时狐疑了，"什么东西里，什么时候难道都有美吗？！"

"对了，孩子！美是到处都有的，但美却常常被人疏忽了。你们总是寻那大红大绿，可红得多了，可以使你烦躁；绿得多了，可以使你沉郁；黄得多了，可以使你感伤，只有这白色是无极的，是丰富的，似乎就无极得无有，丰富得荒凉了呢。"

我们都哑然了，虽然听得并不甚明白，但毕竟惭愧起来，而且自那以后，愈来愈加深了理解，深深地后悔辜负了多少个冬天，使多少个美好的东西毫无意义地无知地消磨过去了。

1981 年 9 月

白夜

BAI YE

我常常有这么个怪现象：做过的梦，过了不久，便就实现了。今天冒了大雪，从城里去秦岭办事，半夜在山根下了火车，走了十几里路，黎明的时候，赶到这村口。雪是不下了，却觉得这儿好眼熟！想来想去，蓦地记得这似乎是我一个月前梦里去过的地方呢。

那梦里就是这个样子的：没有月亮，没有星星，落了叶的树，黑了枝的线条，睡了的房子，黑墙的三角和斜面；除此都是雪白的了。夜，不是黑的概念了，白得朦胧，白得迷离，是一个古老的童话，一个单纯和朴素的木刻版画啊。

这使我十分的害怕了，不知道这是有了什么神鬼儿作祟，还是所谓的生物电感应所致呢？我裹紧了衣服，再不敢想那梦的事，也不敢在这野外多待一会儿，急匆匆要走进村去，寻一户人家。

　　村子里静悄悄的，没有一个人影，也没有一只狗咬。从巷道里过去，雪落得很深，一脚踩下去，没了小腿，却没有一点声息。走进一家，院子里平静静的，一直走近门口，门被雪封了半边，只看见那黑色的门环，一动未动，像画上的一般。轻轻一推，门关着，我只好又退出来。反身看去，那脚印却就消失了。

　　再往巷子深处走，两边墙上的雪堆偶尔就掉下来，直埋了我的大腿。绕进一家篱笆，脚下依然没声无息，那门又是被雪封了，严严实实的，推也无法推了。

　　我退在了巷道里，听见了自己打的嗝儿；倏忽间，头发根根竖起来了：这个山村要被大雪埋掉了！天黎明了，山民们还这么沉睡不醒，是他们的懒惰，还是雪的温暖下使他们失去了黎明醒来的本能，而遭了如此的不幸吗？

　　我无目的地向巷的一头跑去了，感到了孤独，感到了寂寞，感到了恐惧，想这一场大雪，是天上云朵的脱落吗？这么个地方，为什么就要有这么个村庄，这么个村庄为什么偏要住了人呢？！

　　可怜的人啊，在大自然面前，多么无能为力！我深深地后悔这次夜行，我狠命地跑去，步子却迈不开去，似乎谁在拉扯着我的衣襟，我预感到我已是电影里死前那种慢镜头，很快就要倒下去，埋在雪底，然后是一个平静的雪景……

　　突然，铃响了。很响的铃声。整个白夜似乎都颤抖了一下，我兀自站住了，不清楚怎么会有了铃声。我觅着铃的声音，跑了过去。

巷口的那边，一个高地，飘着一丝铃的余韵。跑近去，是一座院落，院前一株老树。门开着，树上垂一根绳索，绳索顶端是一口铃，绳还在摇着，人却是没影的。

我疑惑着，四面看时，就见树远去五米的地上，一个黑色的窟窿边，正弯腰站着一个人，一个很老的人。

"大伯！"我叫着，声音有些发抖了，"铃是你敲的？"

"学校的铃我敲了十几年了。"

"快，大伯！"我说，"你知道吗，村里家家的门被雪封了，人要捂死在里边了。"

老人却哈哈地笑起来了：

"你是外地人吧，雪怎么会捂死人呢？每年冬天都有这天气，大雪下来，常要埋了门窗，人们觉得暖和，就会误了起床。亏得我住得高，在风头上，雪是落不住的。这就是我们这里的白夜啊！"

"白夜？"

"是的，白天的黑夜，黑夜的白天。"

这真是诗意的语言，奇妙的山地。我心松了下来，却还惊惑不解。回望着这白夜下的山村，心有余悸地说：

"这雪太可怕了，把什么都埋住了。"

"那不见得，你瞧这井，不管多大的雪，它能盖住吗？"

老人直起腰来，却提了一桶水，原来那黑色的窟窿竟是一口水井，水并不深，用手就可以拨绳打水了。我走近去，在白夜里，井上腾着丝丝的热气，竟在那井壁口上，看得见长着一个小小的竹笋。

我说：

"这种白夜，会有多少天呢？"

老人说："断断续续一个月吧。"

"一个月？那人不冻坏吗？"

"不，冻死的只是细菌，只是脆弱的生命。这白夜要是哪年少了，春上人才要害病呢。你知道吗，这个村里人都长寿到八十多岁哩。"

"可这地方，毕竟是太寂寞了。"

"耐过寂寞的，才是伟大哩，同志！"

老人对他的教学的语言，似乎很得意了，那么映着眼诡笑了一下，提了水桶，就蹒跚地向校门走去了。

我站在这白夜里，长久地站着，做着遐想。似乎悟出了几分东西，却还有几分疑惧，便又向村里跑去了。

村巷里，果然有了人走动，有的人家正打开了门，雪却像一堵墙挡在门口，出来不得，便见烧热了锅，那么端着，一下就钻出来了。然后，家人全站在院下里，乐得大叫：

"好雪，好雪，明年麦子要丰收了！"

看着这白夜的地方，看着这一个个憨厚的山民，原来他们是那么平和，那么乐哉，那么一切无所谓，我突然觉得这是实实在在发生的事呢，还是我又在做着什么梦了。但无论如何，我是感到了脸在发烧。

1981 年 9 月

五味巷

WU WEI XIANG

　　长安城内有一条巷：北边为头，南边为尾，千百米长短；五丈一棵小柳，十丈一棵大柳。那柳都长得老高，一直突出两层木楼，巷面就全阴了，如进了深谷峡底；天只剩下一带，又尽被柳条割成一道儿的，一溜儿的。路灯就藏在树中，远看隐隐约约，羞涩像云中半露的明月，近看光芒成束，乍长乍短在绿缝里激射。在巷头一抬脚起步，巷尾就有了响动，背着灯往巷里走，身影比人长，越走越长，人还在半巷，身影已到巷尾去了。巷中并无别的建筑，一堵侧墙下，孤零零站一杆铁管，安有龙头，那便是水站了；水站常常断水，家家少不了备有水瓮，水桶，水盆儿，水站来了水，一个才会说话的孩子喊一声"水来了"！全巷便被调动起来。缺水时节，地震时期，巷里是一个神经，每一个人都可以当将军。

买高档商品，是要去西大街、南大街，但生活日用，却极方便：巷北口就有了四间门面，一间卖醋，一间卖椒，一间卖盐，一间卖碱；巷南口又有一大铺，专售甘蔗，最受孩子喜爱，每天门口拥集很多，来了就赶，赶了又来。巷本无名，借得巷头巷尾酸辣苦咸甜，便"五味，五味"，从此命名叫开了。

这巷子，离大街是最远的了，车从未从这里路过，或许就最保守着古老，也因保守的成分最多，便一直未被人注意过，改造过。但居民却看重这地方，住户越来越多，门窗越安越稠。东边木楼，从北向南，一百二十户，西边木楼，从南向北，一百零三户。门上窗上，挂竹帘的，吊门帘的，搭凉棚的，遮雨布的，一入巷口，各人一眼就可以看见自己门窗的标志。楼下的房子，没有一间不阴暗，楼上的房子，没有一间不裂缝；白天人人在巷里忙活，夜里就到每一个门窗去，门窗杂乱无章，却谁也不曾走错过。房间里，布幔拉开三道，三代界线划开；一张木床，妻子，儿子，香甜了一个家庭，屋外再吵再闹，也彻夜酣眠不醒了。

城内大街是少栽柳的，这巷里柳就觉得稀奇。冬天过去，春天几时到来，城里没有山河草林，唯有这巷子最知道。忽有一日，从远远的地方向巷中一望，一巷迷迷的黄绿，忍不住叫一声"春来了"！巷里人倒觉得来得突然，近看那柳枝，却不见一片绿叶，以为是眯了眼。再从远处看，那黄黄的，绿绿的，又弥漫在巷中。这奇观曾惹得好多人来，看了就叹，叹了就折，巷中人就有了制度：君子动眼不动手。只有远道的客人难得来了，才折一枝二枝送去瓶插。瓶要瓷瓶，水要净水，在茶桌几案上置了，一夜便皮儿全绿，一天便嫩芽暴绽，三天吐出几片绿叶，一直可以长出五指长短，不肯脱落，秀娟如美人的长眉。

到了夏日，柳树全挂了叶子，枝条柔软修长如长发，数十缕一撮，数十撮一道，在空中吊了绿帘，巷面上看不见楼上窗，楼窗里却看清巷道人。只是天愈来愈热，家家门窗对门窗，火炉对火炉，巷里热气散不出去，人就全到了巷道。天一擦黑，男的一律裤头，女的一律裙子，老人孩子无顾忌，便赤着上身，将那竹床、竹椅、竹席、竹凳，巷道两边摆严，用水哗地泼了，仄身躺着卧着上去，茶一碗一碗喝，扇一时一刻摇，旁边还放盆凉水，一刻钟去擦一次。有月，白花花一片；无月，烟火头点点。一直到了夜阑，打鼾的，低谈的，坐的，躺的，横七竖八，如到了青岛的海滩。

若是秋天，这里便最潮湿，砖块铺成的路面上，人脚踏出坑凹，每一个砖缝都长出野草，又长不出砖面，就嵌满了砖缝，自然分出一块一块的绿的方格儿。房基都很潮，外面的砖墙上印着返潮后一片一片的白渍，内屋脚地，湿湿虫繁生，半夜小解一拉灯，满地湿湿虫乱跑，使人毛骨悚然，正待要捉，却霎时无影。难得的却有了鸣叫的蛐蛐，水泥大楼上，柏油街道上都有着蛐蛐，这砖缝、木隙里却是它们的家园。孩子们喜爱，大人也不去捕杀，夜里懒散地坐在家中，倒听出一种生命之歌，欢乐之歌。三天，五天，秋雨就落一场，风一起，一巷乒乒乓乓，门窗皆响，索索瑟瑟，枯叶乱飞，雨丝接着斜斜下来，和柳丝一同飘落，一会儿拂到东边窗下，一会儿拂到西边窗下。末了，雨戛然而止，太阳又出来，复照玻璃窗上，这儿一闪，那儿一亮，两边人家的动静，各自又对映在玻璃上，如演电影，自有了天然之趣。孩子们是最盼着冬天的了。天上下了雪，在楼上窗口伸手一抓，便抓回几朵雪花，五角形的，七角形的，十分好看，凑近鼻子闻闻有没有香气，却倏忽就没了。等雪在柳树下积得厚厚的了，看见有相识的打下边过，动手一扯那柳枝，雪块就哗地砸下，并不生疼，却吃一大惊，楼上楼下就乐得大呼小叫，逢着一个好日头，家家就忙着打水洗衣，木盆都放在门口，女的揉，男的投，花花彩彩的衣服全在楼窗前用竹竿挑起，层层叠叠，如办展销。风翻动处，常露出姑娘俊俏俏白脸，立即又不见了，唱几句细声细气的电影插曲，逗起过路人好多遐想。偶尔就又有顽童恶作剧，手握一小圆镜，对巷下人一照，看时，头儿早缩了，在木楼里嗤嗤痴笑。

这里每一个家里，都在体现着矛盾的统一：人都肥胖，而楼梯皆瘦，两个人不能并排，提水桶必须双手在前；房间都小，而立柜皆大，向高空发展，乱七八糟东西一股脑全塞进去；工资都少，而开销皆多，上养老，下育小，两个钱顶一个钱花，自由市场的鲜菜吃不起，只好跑远道去国营菜场排队；地位都低，而心性皆高，家家看重孩子学习，巷内有一位老教师，人人器重。当然没有高干、中干住在这里，小车不会来的，也就从不见交通警察，也不见一次戒严。他们在外从不管教别人，在家也不受人教管：夫妻平等，男回来早男做饭，女回来早女做饭。他们也谈论别人住水泥楼上的单元，但末了就数说那单元房住了憋气：一进房，门砰地关了，一座楼分成几十个世界。也谈论那些后有后院，前有篱笆花园的人家，但末了就又数说那平房住不惯：邻人相见，而不能相逾。他们害怕那种隔离，就越发维护着亲近，有生人找一家，家家都说得清楚：走哪个门，上哪个梯，拐哪个角，穿哪个廊。谁家娶媳妇，鞭炮一响，两边楼上楼下伸头去看，乐事的剪一把彩纸屑，撒下新郎新娘一头喜，夜里去看闹新房，吃一颗喜糖，说十句吉祥。谁说不出谁家大人的小名，谁家小孩的脾性呢？

　　他们没有两家是乡党的，汉，回，满，各种风俗。也没有说一种方言的，北京，上海，河南，陕西，南腔北调，人最杂，语言丰富，孩子从小就会说几种话，各家都会炒几种风味菜，除了外国人，哪儿的来人都能交谈，哪儿来的剧团，都要去看。坐在巷中，眼不能看四方，耳却能听八面，城内哪个商场办展销，哪个工厂办技术夜校，哪个书店卖高考复习资料，只要一家知道，家家便知道。北京开了什么会，他们要议论，某个球队出国得了冠军，他们要吹呼，哪个干部搞走私，他们要咒骂。议完了，笑完了，骂完了，就各自回家去安排各家的事情，因为房小钱少，夫妻也有吵的，孩子也有哭的。但一阵雷鸣电闪，立即便风平浪静，妻子依旧是乳，丈夫依旧是水，水乳交融，谁都是谁的俘虏；一个不笑，一个不走，两个笑了，孩子就乐，出来给人说：爸叫妈是冤家，妈叫爸是对头。

早上，是这个巷子最忙的时候。男的去买菜，排了豆腐队，又排萝卜队，女的给孩子穿衣喂奶，去炉子上烧水做饭。一家人匆匆吃了，但收拾打扮却费老长时间：女的头发要油光松软，裤子要线棱不倒，男子要领齐帽端，鞋光袜净，夫妻各自是对方的镜子，一切满意了，一溜一行自行车扛下楼，一声丁零，千声呼应，头尾相接，出巷去了。中午巷中人少，孩子可以隔巷道打羽毛球。黄昏来了，巷中就一派悠闲：老头去喂鸟，小伙去养鱼，女人最喜育花。鸟笼就挂满楼窗和柳桠上，鱼缸是放在走廊、台阶上，花盆却苦于没处放，就用铁丝木板在窗外凌空吊一个凉台。这里的姑娘和月季，突然被发现，立即成了长安城内之最，五年之中，姑娘被各剧团吸收了十人，月季被植物园专家参观了五次。

就是这么个巷子，开始有了声名，参观者愈来愈多了。一九八一年冬，我由郊外移居城内，天天上下班，都要路过这巷子，总是带了油盐酱醋瓶，去那巷头四间门面捎带，吃醋椒是酸辣，尝盐碱是咸苦。进了巷口，一直往南走，短短小巷，却用去我好多时间，走一步，看一步，想一步，千缕思绪，万般感想。出了南巷口，见孩子们又拥集在甘蔗铺前啃甘蔗，吃得有滋有味，小孩吃，大人也吃。我便不禁两耳下陷坑，满口生津，走去也买一根，果然水分最多，糖分最浓，且甜味最长。

1982 年 7 月